NAME: Nick Schwarzbusch
Liegt ein Auge auf dem Tresen, ist ein Zombie da gewesen!
Nick Schwarzbusch
LOCH NESS
R IST TOT!
orscher:
s stammt
Dracula ab
chwarzbusch
ide des
ıoch so
rig?
GESUCHT
NEUES MITGLIED

Dieser Sammelband enthält die folgenden Einzeltitel:
Band 13: Die Zombiehöhle
Band 14: Der echte Dr. Frankenstein
Band 15: Was geschah im Schloss des Schreckens?

1. Auflage

verlegt durch EGMONT Verlagsgesellschaften mbH,
Gertrudenstraße 30–36, 50667 Köln

Umschlaggestaltung: Maximilian Meinzold, München
Titelbild und Innenillustrationen: Melanie Miklitza
Satz: Greiner und Reichel, Köln
Printed in the EU (675292)
ISBN 978-3-505-13820-1

MIX
Papier aus verantwortungsvollen Quellen
FSC® C083411

GRUSEL CLUB

Geisterschloss und Zombiehöhle

von
Thomas Brezina

Illustriert von
Melanie Miklitza

Schneiderbuch
EGMONT

DIE ZOMBIE-HÖHLE

DIE STIMME AUS DER HÖHLE

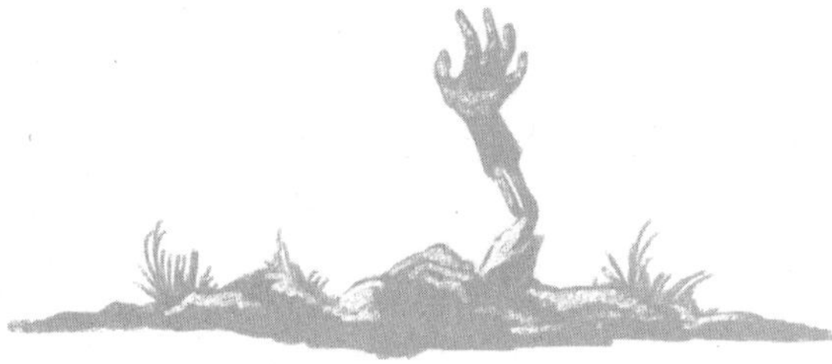

Der schmale Höhleneingang wurde von zerklüfteten, scharfkantigen Felsen gebildet. Es schien, als würde das Tageslicht schon einen Meter hinter der Öffnung verschluckt. Es war unmöglich, tiefer in die Höhle hineinzusehen. In ihr herrschte schwarze, tote, unheimliche Finsternis.

Schweigend standen Jupiter, Vicky und Nick ungefähr zehn Schritte vom Höhleneingang entfernt und starrten in die Dunkelheit.

„Das ist also die Zombiehöhle“, hauchte Nick.

„Nein, das ist der Bau der Heinzelmännchen“, spottete seine Schwester Vicky. Wie immer, wenn sie angespannt war, wurde sie schnell aufbrausend.

„Hast wohl Angst, dass so ein Zombie hier rauskommen und mit seinen Augen nach dir werfen könnte, Schwesterchen", zog Nick sie auf.

„Ha-ha-ha!" Vicky schnitt ihm eine Grimasse und verschränkte die Arme vor der Brust.

Hinter den drei Mitgliedern des Grusel-Clubs war das Lachen und Schreien von Kindern zu hören, die ausgelassen über den Strand tobten. Die Eltern von Vicky und Nick waren mit ihren Kindern nach Kalifornien gereist, um hier zwei Wochen Urlaub zu machen. Ihren Neffen Jupiter hatten sie mitgenommen, denn sein Vater, Professor Katz, musste fast den ganzen Sommer in Transsilvanien verbringen und dort Nachforschungen über Vampire anstellen.

Der Strand von San Angelo war besonders beliebt. Von überall kamen die Leute, um hier in der Sonne zu braten, zu schwimmen, zu tauchen, Beachvolleyball zu spielen oder zu grillen.

Nachdenklich kratzte sich Jup am Kopf. „Hat jemand von euch eine Ahnung, was die Höhle mit Zombies zu tun haben soll?"

„Angeblich hausen sie irgendwo ganz tief im Inneren", erklärte Nick.

Vicky glaubte das nicht. „Woher hast du das?"

Ihr Bruder zeigte zu dem Rettungsschwimmer, der auf einem hohen Stuhl saß und aufpasste, ob irgendjemand beim Schwimmen in Not geriet.

„Das soll er mir selbst sagen“, erklärte Vicky und stapfte durch den Sand auf den Stuhl zu. Unter dem kleinen Ausguck blieb sie stehen und winkte nach oben. Der Rettungsschwimmer sah zu ihr herab und machte mit dem Kinn eine auffordernde Bewegung. Vom Sprechen schien er nicht viel zu halten. Auf die Brusttasche seines kurzärmeligen Hemdes war der Name „Arthur“ gestickt.

„Tag!“, grüßte Vicky. „Stimmt es, dass in der Höhle Zombies sind?“

Das Gesicht des Rettungsschwimmers war ledrig und ziemlich zerknittert. Er hatte einen schwarzen Stoppelbart und keinerlei Ähnlichkeit mit den flotten Jungs, die in Filmen oder Fernsehserien immer über die Strände laufen und Menschen retten.

„Zombies? Quatsch! Das ist bloß Altweibertratsch!“, knurrte Arthur.

„Aber Sie haben es doch selbst zu meinem Bruder gesagt, oder?“, forschte Vicky weiter.

Der Rettungsschwimmer zuckte die Schultern, hob das Fernglas und suchte damit das Meer ab.

„Es gibt also keine Zombies!“ Vicky wollte den Mann auf eine Aussage festnageln.

„Irgendwo auf der Welt bestimmt, hier aber nicht!“, brummte er.

Triumphierend kehrte Vicky zu den Jungen zurück, um ihnen zu berichten, was sie erfahren hatte.

Jup hatte die Hände zu einem Trichter geformt, durch den er „Hallo!“ in die Höhle rief.

Es dauerte, bis seine eigene Stimme als leise gehauchtes Echo zurückkam.

„Ist da drinnen jemand?“, rief er.

Wieder vergingen Sekunden, bis das Echo die Frage noch einmal stellte.

Und dann war da noch eine andere Stimme.

„Habt ihr das gehört?“, fragte Nick keuchend.

Vicky und Jup nickten. Beide bemerkten, dass sie den Atem angehalten hatten.

„Vielleicht nur ein Luftzug oder so“, versuchte Jup, eine Erklärung zu finden. „Solche Höhlen wirken manchmal wie Orgelpfeifen. Ein bisschen Wind, und schon dröhnen sie drauflos.“

Doch die Stimme meldete sich erneut. Sie sagte nichts Verständliches, sondern gab nur gurgelnde und krächzende Laute von sich.

„Wie ein Mensch, der stirbt“, flüsterte Nick.

„Oder ein lebender Toter!“ Jup konnte den Blick nicht vom Höhleneingang abwenden.

„Hat jemand von euch eine Taschenlampe dabei?“, fragte Vicky. „Bevor wir hier stehen und zittern, gehen wir doch mal ein paar Schritte hinein.“

„Taschenlampe? Am Strand? Wozu?“ Nick tippte sich an die Stirn.

Vicky sah sich nach einer anderen Lösung um. Ihr Blick schweifte über das rege Treiben am Strand und fiel auf eine Frau, die einen Handspiegel hielt und sich schminkte. Kurz entschlossen stapfte Vicky zu ihr und fragte sie, ob sie ihn sich für fünf Minuten leihen könnte.

SCHWERE SCHRITTE

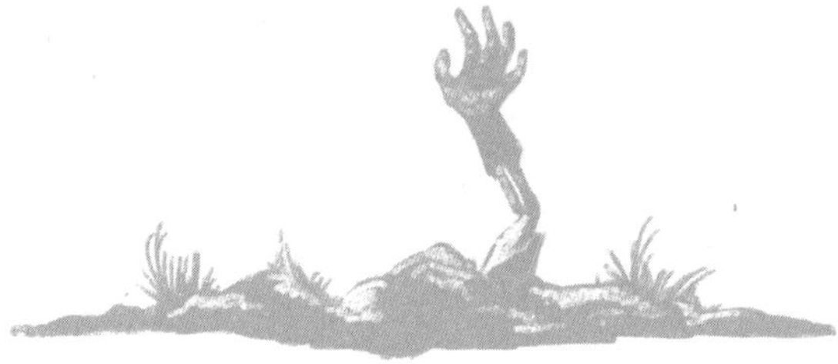

„Wer bleibt draußen und hält das Ding?“, fragte Vicky. Grinsend wandte sie sich an ihren Bruder. „Da du bestimmt schon ohnehin die Hosen voll hast, machst du das sicher gerne.“

Nick streckte ihr die Zunge raus und riss ihr den Spiegel aus der Hand. „Klar mach ich das gerne“, erklärte er dann locker, „schließlich ist das eine einmalige Gelegenheit, dich loszuwerden. Ich hoffe, die Zombies fallen über dich her. Bestimmt halten sie dich für eine von ihnen.“

„Witz, komm raus, du bist umzingelt“, knurrte Vicky.

Ihr Bruder fing mit dem Handspiegel das Licht der Sonne ein und lenkte es in den Höhleneingang. Der Strahl drang durch die Dunkelheit wie ein Messer durch dickes Öl. Ganz tief hinten fiel er als schwacher Schimmer auf etwas, das ein wenig glitzerte.

Sie hätten es niemals zugegeben, aber ganz geheuer war auch Jup und Vicky die Höhle nicht. Zögernd traten sie durch die schmale Öffnung.

Augenblicklich wurde es rund um sie kühl. Obwohl es draußen am Strand glühend heiß war, herrschten in der Höhle fast eisige Temperaturen.

Schritt für Schritt gingen die beiden voran und achteten darauf, den Lichtstrahl nicht abzudecken.

Unter ihren Badeschlappen knirschte der Boden. Vicky bückte sich und hob etwas auf, das sie Jupiter reichte.

„Ein Knochen“, murmelte ihr Cousin.

„Mensch oder Tier?“, wollte Vicky wissen.

Jup zuckte die Schultern. „Wahrscheinlich nur ein Hühnerknochen, den jemand reingeworfen hat.“

Die grausige Stimme war nicht mehr zu hören. In der Höhle herrschte jetzt eine fast bedrückende Stille. Auch die Stimmen und das Lachen der Badenden waren hinter ihnen verstummt.

„Ruf noch einmal!“, forderte Vicky Jup auf.

Erst nachdem er sich geräuspert hatte, schaffte er es. „Hallo? Ist da jemand?“

... da jemand? ... da jemand? ... da jemand?, hallte es von allen Seiten wider.

Die beiden Mitglieder des Grusel-Clubs hielten den Atem an.

Nichts. Keine Antwort. Kein Röcheln.

Vicky öffnete den Mund, um etwas zu sagen, brachte aber keinen Ton heraus.

Aus der Tiefe der Höhle kamen Schritte. Langsame, schwere, schleifende Schritte.

Jup warf Vicky einen hektischen, fragenden Blick zu.

Das Licht, das Nick mit dem Spiegel in die Höhle warf, erhellte den Felsengang kaum noch. Obwohl sich ihre Augen an die Dunkelheit gewöhnt hatten, erkannten Vicky und Jup nichts als weit vorragende Felsnasen.

Die Schritte wurden immer lauter.

Was sollten sie jetzt tun? Zum Eingang zurücklaufen oder abwarten? In den Köpfen der beiden tauchten die schrecklichsten Bilder auf. Jup und Vicky schauderten. War daran die Kälte schuld oder die Vorstellung der Zombies, die schon im nächsten Augenblick vor ihnen stehen konnten?

Der Lichtstrahl wackelte leicht. Nick kitzelte etwas an der Nase, und er hatte sich kratzen müssen. Wütend drehte sich Vicky nach hinten und rief: „Halt gefälligst still!“

Eine Hand griff nach ihrem Arm. Finger krallten sich in ihre Haut. Vicky zuckte erschrocken zusammen, atmete aber gleich darauf erleichtert auf, als sie bemerkte, dass es Jupiter war.

„Lass das!“, zischte sie.

Keine Reaktion von Jup.

„Lass mich los!“, knurrte Vicky.

Jupiter sagte nichts und lockerte auch nicht seinen Griff. Vicky sah ihn verwundert an und bemerkte seinen starren Blick. Er war nach vorn gerichtet, in die Richtung, aus der die Schritte kamen. Obwohl sie Entsetzliches ahnte, drehte sie sich ganz langsam um und sah in die gleiche Richtung.

Ihr blieb fast das Herz stehen.

VERFOLGT VON EINEM ZOMBIE

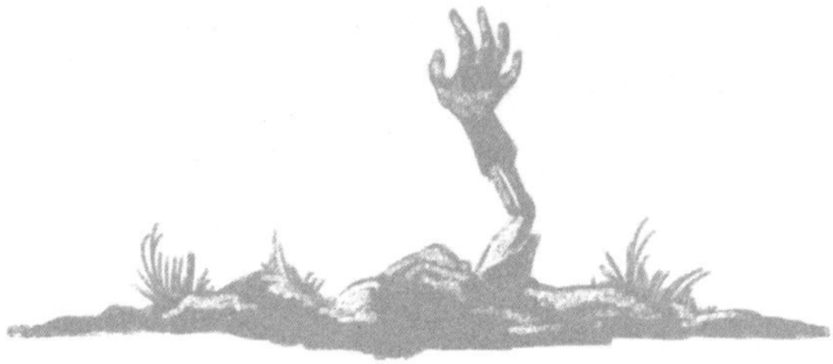

Ungefähr zehn Meter entfernt stand jemand. Es war eine hagere, nach vorne gebückte Gestalt. Die Arme hingen schlaff herab, der Kopf war leicht gehoben, das Gesicht lag aber völlig in der Dunkelheit.

Zwei graue dünne Beine steckten in zerfetzten Hosen. Die Füße waren das Schrecklichste. Sie waren nur an manchen Stellen mit Haut überzogen, sodass man die grauen Knochen sah.

Es gab keinen Zweifel: Die beiden Freunde standen einem Zombie gegenüber.

Stumm zeigte Jupiter auf den rechten Arm der Kreatur, der immer länger zu werden schien. Mit einem hässlichen Geräusch, das an zerbrechende Eier und zerreißenden Stoff erinnerte, fiel der ganze Arm zu Boden.

Jetzt war es mit der Fassung von Jup und Vicky vorbei. Sie drehten sich wie auf Kommando um und rannten, so schnell sie nur konnten. Vicky stürzte und schlug sich die Knie blutig, achtete aber gar nicht darauf. Jupiter riss sie unsanft in die Höhe und zerrte sie wie einen störrischen Hund hinter sich her.

Der weiße Fleck der Höhlenöffnung schien nicht näher zu kommen. Jup hatte sogar das Gefühl, die Öffnung würde sich immer weiter von ihm entfernen.

Der Zombie folgte ihnen mit großen, schweren Schritten. Sein ganzer Körper gab bei jeder Bewegung ein grässliches Geräusch von sich. Es klang, als wären alle Knochen lose und schlügen aneinander. Dazu kam ein Schmatzen, als würde jemand mit der Faust in den Matsch hauen.

Jup bekam Seitenstechen. Der Schmerz steigerte sich schnell und nahm ihm die Luft. Er konnte nicht anders, er musste stehen bleiben und sich gegen die Höhlenwand lehnen.

Vicky warf sich mit ihrem ganzen Gewicht gegen ihn. „Weiter, weiter!“, stieß sie hervor.

„Kann nicht“, würgte Jupiter.

Der Zombie gab wieder diese rasselnden, krächzenden Laute von sich, die die beiden in die Höhle gelockt hatten. Zum ersten Mal sah Vicky sein Gesicht. Es war ein grauer

Totenschädel, der von gelber, pergamentartiger Haut überspannt wurde.

Haare hatte er nur noch ganz wenige. Wie dünne Schnüre klebten sie an der Schädeldecke.

Das Schrecklichste aber waren seine Augen. In den schwarzen Höhlen lagen zwei weiße Kugeln, die fast zu leuchten schienen. Sie hatten keine Pupille und keine Iris und waren nur weiß wie Pingpong-Bälle.

Vicky starrte ihn entsetzt an – und runzelte verwirrt die Stirn: Der Zombie hatte wieder beide Arme. Langsam streckte er seine linke Hand nach Jupiter und Vicky aus. Er wankte nach vorn, und Vicky spürte, wie die trockenen, harten Spitzen seiner Finger sie kratzten.

Sie wollte schreien, brachte aber keinen Ton heraus. Sie hatte das Gefühl, ersticken zu müssen, und klammerte sich haltsuchend an Jup fest.

Jupiter hatte sich wieder halbwegs gefasst, das Seitenstechen war nicht mehr so heftig.

„Was ist mit euch los?", hörte er Nick rufen, und seine Stimme schien gar nicht mehr so weit entfernt. „Soll ich kommen?", bot Vickys kleiner Bruder an.

„Nein, hol Hilfe!", krächzte Jup.

„Wieso?"

Nicks Gestalt stand jetzt genau in der Mitte des Höhleneingangs. Er hatte die Hände in die

Seite gestützt und schien überhaupt nicht zu erkennen, was nur ein paar Meter vor ihm los war.

„Mach schon!", bellte Vicky, die aus ihrer Starre erwacht war.

Der Zombie stand vornübergesunken bewegungslos da.

Mechanisch, fast wie Roboter, torkelten Jup und Vicky mit steifen Schritten weiter. Nick schien widerwillig den Auftrag zu erfüllen und verschwand aus der Höhlenöffnung.

Das grelle Licht der Sonne legte sich auf Jup und Vicky wie ein warmer Mantel. Kaum hatten sie die Höhle hinter sich gelassen, waren sie von salziger, angenehmer Meeresluft umgeben.

Das Lachen und Schreien der Leute am Strand ließ Jupiter und Vicky erleichtert aufatmen. Erschöpft sanken sie in den Sand und bewegten sich auf allen vieren im Rückwärtsgang noch ein gutes Stück von der Höhle weg.

Hinter dem steinernen Bogen herrschte wieder Finsternis. Das Schwarz wirkte wie eine dicke Platte, die jemand vor den Eingang geschoben hatte. Von dem Zombie war nichts mehr zu sehen. Er schien sich aus dem Schutz, den Höhle und Dunkelheit boten, nicht herauszuwagen.

Vicky verzog auf einmal das Gesicht, als hätte sie auf etwas sehr Saures gebissen.

Jup sah sie fragend an. „Was ist?"

„Irgendwie … sehr komisch“, murmelte Vicky. „Eben in der Höhle. Der Zombie.“

„Horror! Absoluter Horror, aber doch nicht komisch“, meinte Jup kopfschüttelnd. „Hast du noch nie gehört, dass sich Zombies von Menschenfleisch ernähren?“

„Ja, ja, weiß ich. Aber ich meine, dass er plötzlich wieder beide Arme hatte, das war doch äußerst seltsam!“, erklärte Vicky.

ES GIBT IHN DOCH

Nick kehrte aufgeregt winkend zurück. Hinter ihm kam ein braungebrannter Rettungsschwimmer in roten Badeshorts und weißem T-Shirt. Er trug eine der eiförmigen Rettungsbojen unterm Arm, die beim Retten von Ertrinkenden zum Einsatz kamen. Auf einem Schild an seinem T-Shirt stand sein Name: „Elliot".

Breitbeinig blieb der Mann vor Jup und Vicky stehen und blickte hochnäsig auf sie herab. Die Sonne stand fast genau hinter ihm, sodass der Rettungsschwimmer im Gegenlicht wie ein schwarzer Riese aussah.

„Euer kleiner Bruder behauptet, ihr hättet einen Zombie in der Höhle gesehen", begann er. Es war nicht zu überhören, wie lächerlich und unwahrscheinlich er diese Geschichte fand. Es handelte sich für ihn um die Spinnerei von ein paar Kids, sonst nichts.

Jupiter legte die Hand über die Augen, um nicht so stark geblendet zu werden. „Ja, wir haben einen Zombie gesehen, da besteht für uns kein Zweifel", erklärte er und versuchte, seine Stimme möglichst fest und überzeugend klingen zu lassen.

„Aha! Und bestimmt hat euch der Zombie auch noch verfolgt und mit seinen Armen und Beinen nach euch geworfen", spottete Elliot. Mit gespreizten Fingern fuhr er sich durch seine strähnigen dunklen Haare und strich sie nach hinten.

„Fast!", antwortete Vicky. „Er hat einen Arm fallen gelassen und ihn sich dann wieder angesetzt."

„Und wie hat er sonst ausgesehen?", wollte der Rettungsschwimmer wissen.

Vicky beschrieb den Zombie, so gut sie sich erinnern konnte.

„Wenn Jup und meine große Schwester das sagen, dann stimmt es auch", unterstützte Nick die beiden energisch. „Wir drei sind nämlich der Grusel-Club. Wir erforschen übernatürliche Ereignisse."

Jetzt konnte Elliot nicht mehr an sich halten. Er brach in schallendes Gelächter aus und schlug sich mit den Händen auf die Oberschenkel, dass es nur so klatschte.

„So eine dämliche Angeberei habe ich mein Leben lang noch nie gehört“, grölte er.

„Wenn Sie uns nicht glauben, dann gehen Sie doch einfach selbst in die Höhle“, sagte Vicky zornig.

„Mach ich gerne“, erklärte Elliot. „Ich hole mir nur eine Taschenlampe.“

Als er fort war, zuckte Nick entschuldigend die Schultern. „Tut mir echt leid, dass er so doof ist. Er hat irgendwie cool ausgesehen. Deshalb habe ich ihn angesprochen.“

Elliot kehrte mit einem kleinen Handscheinwerfer zurück und trat vor den Höhleneingang. „Hallo, Zombie, ich komme!“, rief er hinein. Er drehte sich noch einmal zum Grusel-Club um und feixte.

Der Lichtstrahl der Lampe erhellte den niedrigen Gang gut. Die Felsen glitzerten feucht und grünlich. Erst vor ein paar Tagen hatte ein Wirbelsturm das Meer so stark aufgepeitscht, dass die ganze Höhle unter Wasser stand. Mrs Linn vom Hotel hatte dem Grusel-Club mindestens eine Stunde lang von dem schrecklichen Sturm erzählt.

Mit einiger Befriedigung beobachteten die drei Freunde, dass Elliot die Sache doch nicht ganz geheuer zu sein schien. Er ging nicht flott, sondern eher zögernd und langsam.

Immer kleiner wurde der Lichtpunkt in dem Gang, der fast schnurgerade in die Klippen führte. Als nur noch ein schwaches Leuchten zu sehen war, machte Elliot kehrt und kam mit schnellen Schritten zurück. Schon bevor er die Höhle verließ, wussten die drei, was nun kam.

Mit hämischem Grinsen baute sich der Rettungsschwimmer vor ihnen auf. „Na gut, ich habe euch die Freude gemacht", erklärte er. „Schließlich hätte euer Zombie auch ein Penner oder ein Verrückter sein können, der sich hier versteckt. Aber es war falscher Alarm."

„Er … er muss sich versteckt haben, der Zombie", platzte Jupiter heraus. „Vorhin kam er auch von ganz hinten aus der Höhle."

„Dort geht es fünfzig Meter in die Tiefe. Deshalb ist der Gang auch durch ein Gitter abgesperrt", knurrte Elliot. „Von dort kann niemand kommen."

„Aber wir haben den Zombie gesehen", beharrte Vicky.

Elliot pflanzte sich vor ihr auf, streckte ihr den Zeigefinger unter die Nase und sagte warnend: „Pass mal auf, kleine Lady, für solche Scherze können auch teure Strafen verhängt werden. Glaube nicht, dass eure Eltern davon begeistert wären. Hast du darauf Lust, ja?"

Vicky war wütend wegen der „kleinen Lady"

und presste die Lippen zusammen. Stumm schüttelte sie den Kopf.

„Dann hört endlich mit dem Blödsinn auf“, knurrte der Rettungsschwimmer und ging grußlos davon.

Nick ließ sich zu den anderen beiden in den Sand sinken. „Was machen wir jetzt?“

Allgemeines ratloses Schulterzucken.

Ein Schatten fiel auf sie, und die drei Freunde blickten erschrocken auf. Frau Schwarzbusch, die Mutter von Vicky und Nick, war neben sie getreten.

„Wir wollen einen Ausflug zu einer Robbenklippe machen“, sagte sie. „Ihr kommt doch mit?“

Jup sah seine Cousine und seinen Cousin fragend an. Die beiden nickten. Ihnen fehlte der Mut, in die Höhle zurückzukehren. Heute würden sie also keine weiteren Nachforschungen mehr anstellen.

Vicky gab der Dame am Strand den geliehenen Handspiegel zurück, dann folgte der Grusel-Club Frau Schwarzbusch zum Auto. Als sie in den langen Wagen einsteigen wollten, den ihr Vater gemietet hatte, hörten sie Schreie am Strand.

„Es gibt ihn doch! Er ist aus der Höhle gekommen!“, flüsterte Vicky aufgeregt.

Aber es war etwas anderes. „Da!“, rief ihre Mutter aufgeregt und zeigte auf das Wasser vor der Küste. Dort war eine Haiflosse zu sehen. Der ganze Strand war in hellem Aufruhr.

DIE DROHUNG

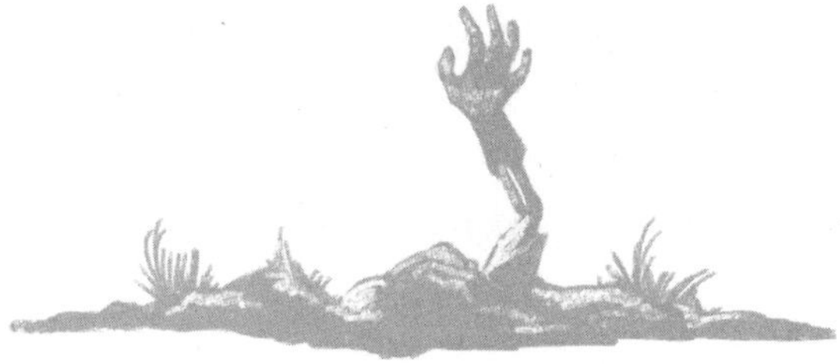

„Ach so!“ Die drei vom Grusel-Club machten wegwerfende Handbewegungen und waren fast enttäuscht.

Herr Schwarzbusch musterte seine Kinder und seinen Neffen ungläubig.

„Ihr seid ja ganz schön abgebrüht“, stellte er fest. „Ein Hai vor der Küste lässt euch völlig kalt?“

„Wenn du gerade einem Zombie begegnet wärst, ginge es dir ganz bestimmt ähnlich“, erklärte Vicky.

Nick und Jupiter stießen sie mit dem Ellbogen heftig in die Seite. Es war vereinbart – außer in Notfällen –, niemandem von ihren Entdeckungen zu erzählen.

Der Vater hielt Vickys Aussage aber ohnehin für einen Scherz und lachte nur.

Die Robbenklippen waren sehr beeindruckend, denn tatsächlich rekelten sich dort Hunderte bullige Robben in der Sonne und machten dabei ziemlich viel Lärm.

Als sie am Abend dann aber in das gemütliche Fischerdorf zurückkehrten, bemerkten die Freunde sofort die Aufregung auf der Straße. Überall standen Leute und unterhielten sich erregt.

„Was ist denn geschehen?“, erkundigte sich Vicky bei Mrs Linn, der Besitzerin des kleinen Hotels, in dem sie wohnten.

Mrs Linn, die ziemlich dick war und eine Vorliebe für enge Kleider mit vielen Rüschen hatte, platzte fast vor Empörung. „Heute gab es Hai-Alarm an unserem Strand.“

„Das wissen wir schon“, sagte Vicky.

„Natürlich fahren viele Gäste jetzt weiter in den Nachbarort Santina, weil sie denken, das Baden ist dort ungefährlicher“, berichtete die Hotelbesitzerin verärgert. „Ein Feriengast hat aber beobachtet, wie hinter einer kleinen Landzunge jemand aus dem Wasser gestiegen ist: ein Taucher, der sich eine Haiflosse umgebunden hatte. Es war also kein echter Hai! Aber der Schaden ist bereits angerichtet. Viele sind auf der Stelle abgereist, und im Fernsehen lief bereits ein Bericht über die Haigefahr hier in San Angelo.“

„Eine Dreiecksflosse umschnallen, der älteste Trick der Welt", meinte Jupiter.

„Dahinter stecken bestimmt diese Widerlinge aus Santina", wetterte Mrs Linn. „Ihr Strand ist steinig und schmutzig. Deshalb kommen die Leute lieber zu uns. Aber die fiesen Typen haben schon mehrmals versucht, unsere Gäste in die Flucht zu schlagen und in ihr hässliches Kaff zu locken."

Mrs Linn hatte sich beim Sprechen stark aufgeregt und einen knallroten Kopf bekommen.

„Aber wenn wir einen dieser Kerle in die Hände bekommen, dann kann er was erleben", drohte sie.

Vicky sah sie durch ihre Brille äußerst interessiert an. „Ach ja, und was würden Sie dann mit ihm machen?"

Ein böses Grinsen zuckte über das Gesicht der Hotelbesitzerin. „*Ich* würde gar nichts machen. Aber jemand anderer würde etwas machen, und danach würde der Mistkerl aus Santina gar nichts mehr machen können."

„Hört sich gefährlich an", stellte Jupiter fest. „Was meinen Sie damit eigentlich genau?"

Schnell presste Mrs Linn eine Hand auf den Mund. „Ich habe schon zu viel gesagt", erklärte sie hastig.

Nach dem Abendessen spielten die drei vom Grusel-Club mit Herrn und Frau Schwarzbusch noch lange Karten. Nick gewann fast immer, was Vicky ziemlich wütend werden ließ. Als ihr Bruder wieder einmal die besten Karten hatte, schleuderte Vicky ihr Blatt in die Luft und zischte: „Mir reicht's, ich habe keine Lust mehr." Sie sprang auf und ging.

Jup und Nick sahen sich grinsend an. „Schlechte Verliererin, die gute Frau", meinte Nick spöttisch.

Die Niederlage machte Vicky sogar in der Nacht noch zu schaffen. Unruhig wälzte sie sich auf ihrem Bett hin und her. Durch das halboffene Fenster kam ein warmer Wind.

Da sie nicht schlafen konnte, stand sie auf und trat ans Fenster. Gähnend blickte sie in die Nacht hinaus.

Der Mond war fast voll und ziemlich hell. Er beleuchtete die Felder und die sanften Hügel, die sich hinter dem Hotel erstreckten, mit bleichem, grüngelbem Licht.

Irgendwo in der Nähe wieherte ein Pferd. Ein Auto fuhr die Straße entlang, die sich in Serpentinen auf den Hügel zog. Die Scheinwerfer leuchteten immer wieder wie zwei glühende Augen auf.

Das Bild des Zombies tauchte vor Vickys

Augen auf. Konnte es sein, dass ihnen die Fantasie einen Streich gespielt hatte? Wenn man ständig an Zombies dachte, konnte man sich womöglich wirklich einbilden, welche zu sehen. Außerdem …

Vicky kam nicht dazu, den Gedanken weiterzudenken. Fassungslos starrte sie in die Nacht. Jetzt bräuchte sie dringend ein Fernglas! Sie rieb sich die Augen, kniff sie fest zu und riss sie wieder weit auf.

Nein, sie hatte sich nicht geirrt. An dem Hügel hinter dem Hotel, vor den markanten Silhouetten der Bäume, ritt jemand, der verkehrt herum auf dem Pferd saß.

ZOMBIEMACHER

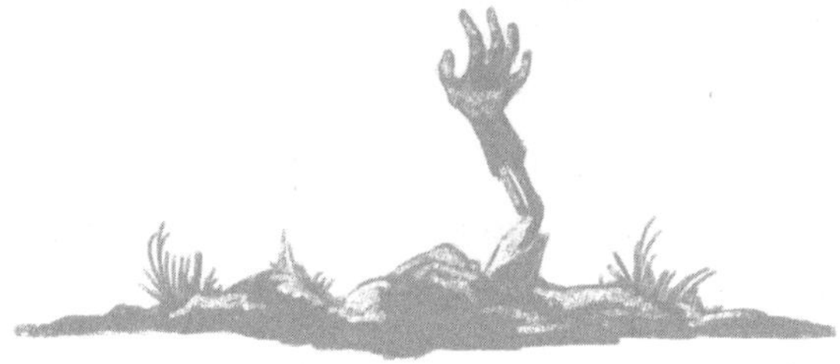

Vicky klopfte gegen die Wand, die sie vom Zimmer der Jungen trennte. Sie klopfte immer wieder und hoffte, Nick und Jupiter würden sie hören.

Hinter ihr wurde die Tür geöffnet. Ohne sich umzudrehen, sagte sie: „Das müsst ihr euch wirklich anschauen!“ Sie winkte den beiden, zum Fenster zu kommen.

Ein fremder Geruch stieg ihr in die Nase. Es war der Geruch eines billigen Parfüms, das Vicky einmal „Stinktier-Wasser“ genannt hatte.

Erschrocken wirbelte sie herum. Hinter ihr stand eine Gestalt in einem bodenlangen hellen Gewand, das im Nachtwind wehte. Der Kopf lag im Schatten des einfallenden Mondlichts.

Vicky musste alle Kraft zusammennehmen, um einen Ton rauszubekommen. „Wer … wer sind Sie?“

Mit einem leisen Klick ging ein Licht an. Der Schein fiel von unten auf ein Gesicht und ließ es fremd und unheimlich aussehen.

„Mrs Linn?“, fragte Vicky unsicher.

Ja, es war die Hotelbesitzerin. Sie hob den Kopf und blickte Vicky von oben herab an.

„Was soll diese Klopferei? Du weckst alle Gäste!“, schimpfte sie leise.

„Dort draußen, auf dem Hügel … ein Reiter, der verkehrt auf dem Pferd saß“, stammelte Vicky.

Mrs Linn atmete hörbar ein.

„Wohin führt die Straße über den Hügel?“, wollte Vicky wissen.

„Geh ins Bett und schlaf, wie alle anderen auch!“, befahl ihr Mrs Linn, ohne ihre Frage zu beantworten. Dann verließ sie das Zimmer, wobei ihr weites Nachthemd und der leichte Morgenmantel flatterten.

Sie sieht aus wie ein sehr dicker Geist, dachte Vicky.

Nick und Jupiter waren nicht aufgewacht. Da sie ihr Zimmer nicht abgesperrt hatten, konnte Vicky hineinschleichen und rüttelte die beiden heftig an der Schulter.

„Ich muss euch was erzählen“, sagte sie leise, aber drängend.

„Morgen …“, antwortete Jup schlaftrunken.

Er warf sich herum und bohrte den Kopf ins Kissen.

„Typisch Jungen! Zu nichts zu gebrauchen!", schimpfte Vicky und kehrte in ihr Zimmer zurück.

Schlaf fand sie aber erst, als es draußen bereits hell wurde.

Beim Frühstück musterte ihre Mutter sie misstrauisch. „Sag, hast du wieder die halbe Nacht gelesen oder mit deinem Smartphone gespielt?"

„Nein!", brummte Vicky beleidigt. Sie erzählte, was sie gesehen hatte, aber ihre Eltern glaubten ihr nicht. Nur Jup starrte sie mit weit aufgerissenen Augen an.

„Wieso glotzt du wie eine Kuh vorm Scheunentor?", brauste Vicky auf.

Erst als ihre Eltern außer Hörweite waren, rückte Jup mit einer Erklärung raus.

„Auf genau diese Art kommen Zombiemacher zum Haus ihrer Opfer. Sie sitzen verkehrt herum auf dem Pferd!"

„Woher weißt du das?", fragte Vicky.

„Ich hab meinem Vater eine Mail geschickt und ihn um Infos über Zombies gebeten", erzählte Jupiter. „Heute früh war schon die Antwort da."

„Was sind Zombies eigentlich genau?", wollte Nick wissen.

Die drei vom Grusel-Club verzogen sich in einen kleinen weißen Gartenpavillon, der von Kletterrosen überwuchert war. Dort berichtete Jup den anderen beiden, was er erfahren hatte.

„Zombies sind tatsächlich lebende Tote. Der Zombiemacher ist meistens ein sogenannter Witch Doctor, eine männliche Hexe. Entweder streut er Zombiepulver auf die Türschwelle seines Opfers, oder er reitet verkehrt herum auf dem Pferd sitzend zum Haus. Dort kniet er sich vor das Schlüsselloch und saugt die Seele des zukünftigen Zombies heraus. Danach bläst er sie in eine Flasche und verschließt diese."

Nick und Vicky verzogen das Gesicht. Das hörte sich absolut abscheulich an.

„In beiden Fällen erkrankt das Opfer und stirbt", setzte Jupiter fort. „Doch nach der Beerdigung kann der Zombiemacher den Toten durch Beschwörungen wieder zum Leben erwecken. Der Tote verlässt das Grab und muss fortan dem Zombiemacher dienen. Er ist sein Sklave und völlig willenlos. Ein lebender Toter eben."

Obwohl es bereits über dreißig Grad im Schatten waren, fröstelten Vicky und ihr Bruder.

„Und das … das stimmt auch?", fragte Nick zweifelnd.

Jupiter nickte langsam.

Vicky schluckte. „Das bedeutet, heute Nacht ist ein Zombiemacher über den Hügel geritten. Vielleicht gibt es bald einen neuen lebenden Toten hier in San Angelo."

Für Jup gab es nun keinen Zweifel mehr: „Wir haben doch einen Zombie in der Höhle gesehen."

Nick hob seine neue Kamera, auf die er besonders stolz war. „Und mit einem Beweisfoto wird man uns auch glauben."

„Allerdings habe ich keine Lust mehr, die Höhle noch einmal zu betreten", erklärte Jupiter. „Ich gebe das gerne zu, auch wenn ihr mich für einen Feigling haltet."

Vicky verschränkte die Arme hinterm Kopf und überlegte laut: „Eigentlich sind solche Zombies doch harmlos. Ich meine, sie sind eklig, aber was sollen sie dir schon tun? Von Menschenfleisch war im Bericht deines Vaters nicht die Rede."

„Traust *du* dich vielleicht noch mal in die Höhle?", fragte Jup herausfordernd.

Vickys Antwort war ein entschiedenes „Ja".

Am Strand herrschte an diesem Tag weniger Betrieb. Auch hatten die Feriengäste ihre Handtücher nicht mehr so nahe am Wasser ausgebreitet, sondern waren ein Stück zurück an die Klippen gerückt. Schwimmer konnte der Grusel-Club überhaupt keine im Meer entdecken.

„Der Hai-Alarm muss ziemlich viel Staub aufgewirbelt haben“, bemerkte Jup.

Nick stellte noch etwas anderes fest und machte die anderen beiden gleich darauf aufmerksam: Eine frische Fußspur führte vom Strand in die Höhle hinein.

SCHOCK AM VORMITTAG

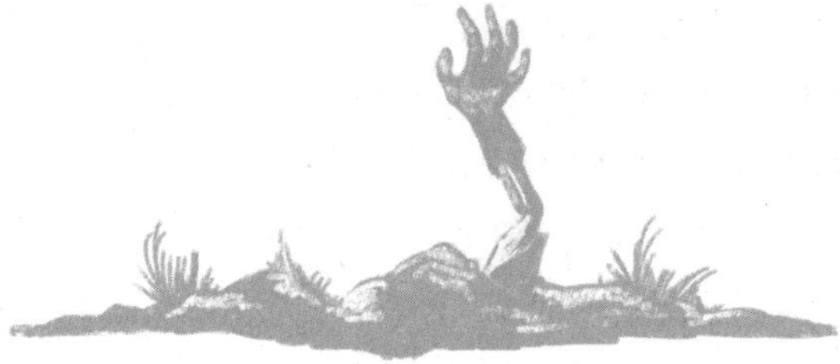

Überrascht runzelte Vicky die Stirn. Sie nahm ihre Brille ab und knetete ihren Nasenrücken.

„Was soll das? Brauchst du schon Gesichtsgymnastik gegen Falten?“, fragte sie ihr kleiner Bruder.

Vicky schnitt ihm eine Grimasse. „Bitte sei jetzt still, es reden Große, und da verstehst du nicht alles“, schoss sie zurück. Sie zeigte zur Höhle und meinte: „Es führt eine Spur hinein, aber keine hinaus. Das kann nur bedeuten, dass sich irgendjemand noch in der Höhle befindet.“

„Aber wer?“ Jupiter sah sie fragend an.

Aus den Lautsprechern, die auf Masten quer über den Strand verteilt waren, kam ein Knacken. Eine krächzende Stimme meldete sich: „Meine Damen und Herren! Bei dem gestrigen Hai-Alarm handelte es sich um einen Irrtum. Der vermeintliche Hai war ein Scherzbold, der eine Haiflosse aus Plastik durch das Wasser gezogen hat. Nach Mitteilung der Küstenwache ist bis zu einer Entfernung von zehn Meilen kein Hai gesichtet worden."

Gespannt hatten die Leute zu den Lautsprechern hochgeschaut. Nun ging ein Seufzer der Erleichterung durch die Reihen.

„Wir vom Rettungsschwimmerteam wünschen Ihnen einen fröhlichen und sonnigen Tag!" Ein weiteres Klicken zeigte an, dass die Durchsage beendet war.

Aus einem Häuschen, das erhöht auf dicken Pfählen stand, trat Arthur, der Rettungsschwimmer mit dem zerknitterten Gesicht. Er schien gerade gesprochen zu haben, und seine Stimme hatte bedeutend freundlicher geklungen, als der Grusel-Club sie kennengelernt hatte.

Die Badegäste erwachten aus der Starre, und einige wateten sogar langsam ins Wasser. Andere blickten noch etwas zweifelnd auf die kleinen Wellen.

Nick war noch immer sauer, weil Vicky ihn wie ein Baby behandelt hatte. „Na, große Schwester, traust du dich noch in die Höhle?", fragte er.

„Natürlich, bin doch nicht so feige wie du", fuhr Vicky ihn an.

Nick grinste breit. Er ärgerte sich nicht einmal.

Wenn Vicky so giftig war, bedeutete es, sie hatte selbst Angst.

„Glaubt bloß nicht, ich kneife", erklärte sie und drückte Nick energisch die Badesachen in die Hand. Mit betont großen Schritten ging sie auf den Höhleneingang zu.

Jupiter und Nick ließen sie keine Sekunde aus den Augen.

Völlig überraschend legte sich von hinten je eine schwere, feuchte Hand auf ihre Schultern und drückte hart und schmerzhaft zu. Die Jungen gingen in die Knie.

Der Griff lockerte sich wieder, und ein lautes und spöttisches Lachen ertönte. „Na, ihr Monsterjäger, wohl ein bisschen schreckhaft?"

Hinter Jup und Nick stand Elliot.

„Und, wieder einen Zombie entdeckt? Na?"

Jupiter wollte schon zu einer Erklärung ansetzen, schloss dann aber den Mund. Elliot würde ihnen ja doch kein Wort glauben.

„Na, heute so stumm, unsere Geisterjäger!", spottete der Rettungsschwimmer weiter. „Wo ist eigentlich eure Freundin?"

„Falls Sie Vicky meinen, so handelt es sich um meine Cousine", sagte Jup eisig. „Und wo sie sich befindet, geht Sie wirklich nichts an."

Elliot hob lachend die Hände. „Ich sehe, ich bin unerwünscht, also gehe ich."

Vicky hatte den Höhleneingang fast erreicht. Auf einmal aber blieb sie stehen und wich dann mit entsetztem Blick zurück. Am rechten Rand der Öffnung ragte eine Hand heraus und krallte sich an den zerklüfteten Felsen fest.

Dann ging alles sehr schnell. Eine unheimliche Gestalt wankte aus der Höhle. Vornübergebeugt und mit hängenden Armen blieb sie stehen und starrte mit totem Blick auf den Strand hinaus.

Der Unbekannte trug ein zerschlissenes T-Shirt und ausgefranste Hosen. Beides schlotterte an seinem dürren Körper, der nur aus Haut und Knochen zu bestehen schien. Die ganze Gestalt leuchtete grünlich wie eine Moorleiche.

Aus der Höhle war der Zombie gekommen, den Vicky und Jupiter schon am Vortag gesehen hatten.

Es gab ihn wirklich.

Ein Mann in blauen Badeshorts entdeckte ihn als Erster. Er machte andere Leute darauf aufmerksam und deutete mit zitternder Hand zum Höhleneingang.

Innerhalb weniger Sekunden brach Panik am Strand aus. Mütter rannten, um ihre Kinder in Sicherheit zu bringen. Männer rafften Handtücher und Badetaschen zusammen. Kinder brüllten, weil sie nicht verstanden, wieso sie aus dem Wasser gezerrt wurden und nicht mehr spielen durften.

Schwankend setzte sich der Zombie in Bewegung. Er wackelte nach links und rechts, wenn er seine steifen Beine zum Gehen nach vorn schwang.

Vicky stand wie angewurzelt da und starrte den lebenden Toten mit weit aufgerissenen Augen an. Bei Tageslicht sah er noch viel schrecklicher aus als in der Höhle. Ein ekliger Gestank von welken Lilien und faulem Obst ging von ihm aus.

Aus dem zerfetzten Ärmel fiel eine kleine grüne Schlange, die im Sand eilig das Weite suchte.

Mit einem Ruck blieb der Zombie stehen. Der Strand war mittlerweile fast menschenleer. Die Badegäste waren alle zur Straße geflüchtet, wo ihre Autos geparkt waren. Schon wurden die Motoren angelassen.

Ganz langsam drehte der Zombie den Kopf. Er drehte ihn genau in Vickys Richtung.

„Renn weg!", schrie Nick hinter ihr. „Komm her!"

Aber Vicky schien sich nicht bewegen zu können. Sie war wie versteinert.

Der Zombie öffnete den Mund. Statt eines Schreis kam eine schwarze Wolke von Fliegen heraus.

Die knochigen Hände wurden langsam gehoben und in Vickys Richtung gestreckt. Mit einem raschelnden, fast knirschenden Geräusch wankte der Zombie auf Vicky zu. Er wollte nach ihr greifen, daran bestand kein Zweifel.

„Wir müssen sie retten", wisperte Nick. Unter keinen Umständen aber wollte er nur einen Meter näher an diese grässliche Gestalt heran.

Jupiter sah sich nach etwas um, das er verwenden konnte, um Vicky aus dem Bann des Zombies zu ziehen, ohne ihm selbst zu nahe zu kommen. Einer der Rettungsschwimmer, die wie erstarrt hinter ihm standen, hatte eine Rettungsboje unterm Arm. Jup sprang zu ihm, riss sie an sich und schleuderte sie mit aller Kraft in Richtung Vicky.

DIE LEERE GRUFT

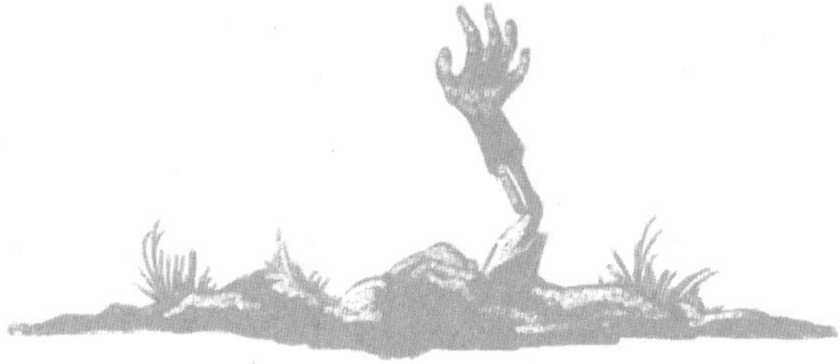

Die Boje traf Vicky im Rücken. Bestimmt gab das einen blauen Fleck, aber das spielte keine Rolle. Vicky erwachte aus der Starre und machte ein paar Schritte nach hinten. Mit einem schweren Keuchen drehte sie sich um, stürzte dabei, kämpfte sich aber sofort wieder hoch und kroch auf allen vieren zu Jup und Nick.

Der Zombie starrte ihr mit seinen toten, weißen Augen nach, drehte sich dann um und wankte in die andere Richtung. Dabei bemerkte Nick etwas, das ihn stutzig machte: Der Zombie hinterließ eine andere Spur als die, die in die Höhle hineinführte.

Jupiter half Vicky, die noch immer nach Luft rang, auf die Beine.

In die Rettungsschwimmer kam wieder Leben. Elliot war der Erste, der die Verfolgung des lebenden Toten aufnahm.

Arthur, sein Kollege mit dem verknitterten Gesicht, starrte mit ungläubigem Blick in die Richtung, in die der Zombie hinter einer Felsnase verschwunden war.

Vicky stürzte auf ihn zu und riss ihn am T-Shirt. „Sie haben gesagt, es wäre alles nur Gewäsch und es gäbe keine Zombies. Erinnern Sie sich noch?“

Der Rettungsschwimmer schüttelte sie ab wie eine lästige Fliege und folgte Elliot mit großen Schritten.

Mindestens die Hälfte der Badegäste war bereits fluchtartig weggefahren. Einige Schaulustige aber saßen in ihren Autos und starrten zum Strand, der völlig menschenleer und wie ausgestorben war.

Nur Minuten später traf mit Sirenengeheul die Polizei ein. Fast gleichzeitig tauchte ein Fernsehreporter mit Kameramann auf und begann sofort, die Leute zu befragen.

Die drei vom Grusel-Club kauerten auf einer Bank am Straßenrand. Vicky hatte den Kopf in die Hände gestützt und seufzte immer wieder tief. „Mensch, ich habe immer gedacht, ich hätte Mut“, sagte sie leise. „Aber als mir dieser Typ gegenüberstand, da … da war von meinem Mut wirklich nichts mehr übrig.“

Jup und Nick warfen einander überraschte

Blicke zu. Es war ungewöhnlich, dass Vicky eine Schwäche zugab.

„Na ja, uns ist es auch nicht besser gegangen“, meinte Jupiter tröstend.

Mit großen Schritten und gesenkten Köpfen kehrten Elliot und Arthur zurück. Sofort kamen zwei Polizisten auf sie zu und befragten sie.

Jup hob neugierig den Kopf und versuchte, ein paar Worte aufzuschnappen. Die Männer redeten sehr schnell, und Jupiter verstand nur wenig.

„Ich glaube, der Zombie ist verschwunden“, gab er an seine Freunde weiter. „Jedenfalls konnten sie ihn nicht mehr finden. Er ist fort.“

„Vielleicht sucht er sich eine Wohnung im Ort“, sagte Nick düster.

Bereits zu Mittag war in jeder Nachrichtensendung auf den zahlreichen Kanälen der Zombie am Strand von San Angelo das Top-Thema.

Ein ortsansässiger Experte, der sich mit paranormalen Phänomenen beschäftigte, wurde nach seiner Meinung befragt. Er hieß Dr. Master und hatte kein Doppel-, sondern mindestens ein Dreifachkinn. Gespannt hörten die drei Freunde zu, was er zu sagen hatte.

„Gerüchte über Zombies in der Höhle am Strand bestehen seit langer Zeit“, dozierte Dr.

Master. Beim Reden geriet sein dickes Gesicht in heftige Bewegung und erinnerte an eine bellende Bulldogge. „Ich selbst konnte noch keinen der Untoten dort beobachten, sehr wohl aber am Friedhof der Stadt."

Diese Meldung ließ Jup, Nick und Vicky aufhorchen.

Nachdem er schnaufend Luft geholt hatte, fuhr Dr. Master fort: „Vor ungefähr einem Jahr war ich Augenzeuge, wie in einer Juninacht ein Grab geöffnet wurde. Wohlgemerkt: von innen geöffnet wurde. Ich habe beobachtet, wie der verstorbene Jonathan Smith den Deckel seiner Gruft bewegte. Leider hat sich in diesem Augenblick eine Wolke vor den Mond geschoben, sodass ich nicht sehen konnte, was er danach tat."

Nick riss sich die Kappe vom Kopf. „Ich ... ich habe euch eins noch gar nicht gesagt", rief er.

„Psssst", zischten Jupiter und Vicky.

Da der Bericht aber ohnehin zu Ende war, drehten sie sich zu Nick und sahen ihn fragend an. Er erzählte von seiner Entdeckung, dass die Spur des Zombies ganz anders ausgesehen hatte als die, die in die Höhle hineinführte.

EINE ERKLÄRUNG

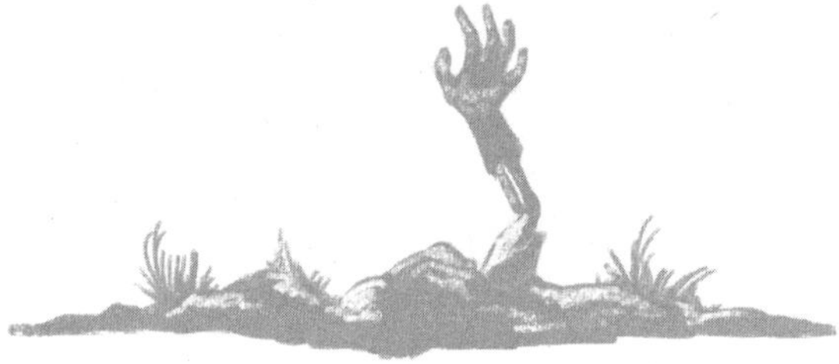

Mrs Linn flatterte durch ihr Hotel wie eine gefangene Motte.

„Ein Skandal! Eine Katastrophe!“, jammerte sie immer wieder. Jedem, der es hören oder nicht hören wollte, prophezeite sie den Niedergang von San Angelo. „Es werden keine Urlauber mehr kommen. Alle haben Angst, den Strand zu betreten. Alle Familien mit Kindern sind bereits abgereist. Mein Hotel ist fast leer.“

Vickys Vater war zuversichtlicher. Er hielt das Auftauchen des Zombies für einen schlechten Scherz. Außerdem meinte er: „Ich wette, die Stadt wird morgen voll Schaulustiger und Neugieriger sein, die alle auf Zombiejagd gehen.“

Das tröstete Mrs Linn nicht im Geringsten. „Na und! Die Leute werden aber keine Hotelzimmer nehmen und sie werden sich ihre Sandwiches selbst mitbringen. Wir gehen zugrunde.“

Sie brach in theatralisches Schluchzen aus, das die drei vom Grusel-Club milde schmunzeln ließ.

Jupiter kam darauf zurück, was Nick gerade erzählt hatte. „Dein Vater könnte recht haben. Vielleicht wurde der Zombie-Spuk tatsächlich nur vorgespielt. Dafür spricht das, was du beobachtet hast: Jemand schleicht heimlich in die Höhle, schlüpft dort in ein Zombiekostüm und kommt dann herausgetorkelt. Natürlich hinterlässt er jetzt andere Spuren."

„Und wer soll so ein Theater veranstalten?", fragte Vicky.

Dafür hatte Nick eine Erklärung. „Natürlich Leute aus Santina, dem Nachbarort. Auch wenn der Strand nicht so schön ist, weichen viele Gäste bestimmt dorthin aus."

„Zuerst die Haiflosse, dann der Zombie", murmelte Jupiter. „Ein schlauer Plan. San Angelo war jetzt zweimal hintereinander im Fernsehen, und immer mit einer Schreckensmeldung."

Vicky grinste schief. „Irgendwie bin ich ziemlich froh, dass der Zombie nicht echt war. Aber andererseits finde ich es auch schade. Das hätte der größte Fall für den Grusel-Club werden können!"

Jupiter wiegte den Kopf. „Danke, mein Bedarf

an Zombies ist gedeckt. Ab heute Nachmittag will ich nur noch fröhliche Ferien haben."

Doch daraus sollte nichts werden …

Es war kurz nach fünf Uhr, als die drei vom Grusel-Club durch die Hauptstraße von San Angelo schlenderten. Wie Herr Schwarzbusch vorhergesagt hatte, wimmelte es in dem kleinen Städtchen auf einmal von Menschen. Nicht nur Reporter und Kameraleute, auch jede Menge Neugierige waren gekommen.

Vor einer Eisdiele trafen die Freunde auf Elliot. In Jeans und blauem Hemd hätten sie ihn fast nicht erkannt. Entschuldigend streckte er ihnen die Hand entgegen und sagte bedauernd: „Tut mir echt leid, dass ich euch nicht geglaubt habe. Ihr hattet recht, die ganze Zeit. Ihr seid wirklich gut. Euer Club sollte unbedingt ins Fernsehen. Ich werde einem Reporter von euch erzählen."

Jup, Nick und Vicky winkten energisch ab. „Nein, nein, danke. Wir sind nämlich der Meinung, dass wir uns sehr wohl geirrt haben." Sie erzählten von ihrem Verdacht, und Elliot hörte ihnen gespannt zu.

„Und was ist mit dem Zombie, der euch gestern verfolgt hat?", fragte er.

Die drei sahen einander überrascht an. Daran hatten sie gar nicht mehr gedacht. „Das war wahrscheinlich der Gleiche, der eigentlich schon gestern loslegen wollte", sagte Jup bestimmt.

Vicky pflichtete ihm bei. „Aus irgendeinem Grund hat er dann aber bis heute gewartet."

Elliot schüttelte energisch den Kopf. „Das glaube ich einfach nicht. Ihr müsst euch irren. Ich bin dem Typen doch hinterher, und wenn der wirklich lebendig gewesen wäre, hätte ich es bemerkt."

Nick stieß Vicky an und deutete mit dem Kopf zur anderen Straßenseite. Dort stand Arthur und starrte zu ihnen herüber.

„Ich muss los, meine Freundin wartet", entschuldigte sich Elliot. Er tippte sich mit dem Finger an die Schläfe, setzte seine verspiegelte Sonnenbrille auf und ging.

Arthur blickte ihm hinterher. Dann aber drehte er sich zum Grusel-Club. Als er bemerkte, dass ihn die drei beobachteten, verschwand er mit eiligen Schritten in der Menschenmenge.

Jupiter, Nick und Vicky standen schweigend da.

Herr Schwarzbusch hatte den dreien Geld für Eis gegeben. Sie kauften sich jeder einen großen Becher mit Kirschen, Sirup, Schlagsahne und Schokostreusel. Da das Lecken und Löffeln in der Menschenmenge schwierig war, beschlossen sie, in eine ruhige Seitengasse auszuweichen.

Diesmal war es Jupiter, der eine höchst aufregende Beobachtung machte: Am Ende der schmalen Gasse stieg Elliot in einen offenen Jeep. Auf dem Beifahrersitz lag eine Decke, unter der eine umschnallbare Haifischflosse herausragte.

WO IST SUSAN

Vicky zwinkerte den Jungen zu und schlenderte zu Elliots Wagen. Der Rettungsschwimmer hatte gerade gestartet und wollte aus der Parklücke fahren, aber Vicky verstellte ihm den Weg.

„Was gibt's?", erkundigte er sich etwas ungehalten.

Lässig lehnte sich Vicky an die Fahrertür. „Kannst du mir nicht ein bisschen die Gegend zeigen?", fragte sie leise. Mit dem Kinn deutete sie auf Nick und Jup. „Die beiden Kleinkinder langweilen mich. Ich finde dich viel cooler."

„Nein, das geht nicht", sagte Elliot abwehrend.

„Nur ein bisschen!", bettelte Vicky mit treuherzigem Augenaufschlag. „In welche Richtung fährst du denn?"

„Das geht dich wirklich nichts an!" Der Rettungsschwimmer wurde langsam ärgerlich.

„Na gut – schade!“, seufzte Vicky. „Verrat mir wenigstens deine Telefonnummer.“

„Ich denke nicht daran! Und nun aus dem Weg!“ Elliot ließ den Motor aufheulen, und Vicky machte einen Satz zurück. Was sie sehen wollte, hatte sie gesehen.

Sie kehrte zu Jup und Nick zurück und streckte den Daumen in die Höhe.

„Es ist also tatsächlich diese umschnallbare Haiflosse“, murmelte Jupiter nachdenklich. „Elliot hat mit der Sache zu tun.“

„Der Zombie kann er aber nicht gewesen sein. Er war am Strand“, sagte Nick.

Jupiter gab ihm recht. „Ich wette, er war auch nicht der falsche Hai. Elliot hat sicherlich einen Helfer.“

„Die kleine Ratte arbeitet bestimmt für irgendjemanden in Santina. So bessert er sich seinen Verdienst als Rettungsschwimmer auf und macht sich gleichzeitig arbeitslos“, sagte Vicky kopfschüttelnd.

Nick schlug mit der geballten Faust in die Handfläche und sagte grimmig: „Wir lassen den Kerl auffliegen!“

„Verdient hätte er es“, meinte Vicky. „Aber ich halte nicht viel vom Verpfeifen.“

Jup hob überrascht die Augenbrauen. „Klingt so, als würde dir der Muskel-Bubi gefallen.“

„Quatsch, ich finde den Typen zum Davonlaufen", brauste Vicky auf. „Trotzdem sollten wir ihn dazu bringen, dass er sich stellt. Das ist besser."

Die Jungen waren einverstanden. Allerdings mussten sie dazu erst mal herausfinden, wo Elliot wohnte.

Nun war Nick am Zug. Er spielte den kleinen Jungen und schlenderte, die Hände tief in die Hosentaschen gebohrt, in die Eisdiele. Treuherzig blickte er die Verkäuferin an und fragte sie: „Kennst du den Rettungsschwimmer Elliot?"

Die Verkäuferin türmte Eiskugeln in eine Tüte und nickte.

„Meine große Schwester ist total verknallt in ihn. Bitte sag mir, wo er wohnt."

Mit einem breiten Grinsen nannte die Verkäuferin die Adresse. „Aber sie soll nicht enttäuscht sein, denn Elliot hat eine Freundin", warnte sie Nick. Mit einem tiefen Seufzen fügte sie hinzu: „Er ist und bleibt der größte Herzensbrecher hier am Strand."

Nick war stolz auf sich, als er Jup und Vicky die Adresse nannte: Palmbay, gelbes Holzhaus mit blauen Fensterläden.

Die Freunde holten die Fahrräder aus dem Hotel, die sie sich für die Ferien geliehen hatten.

Sie erkundigten sich bei Mrs Linn nach dem Weg und fuhren dann los.

Sie kamen in einer holprigen, staubigen Straße an, an der viele kleine Gärten lagen. In den meisten standen nur große Wohnwagen aufgebockt. Elliots Häuschen war das einzige, das fest gebaut war.

Der Jeep war am Wegesrand abgestellt. Der Rettungsschwimmer selbst war nicht zu sehen, aber deutlich im Haus zu hören.

„Susan?“, rief er immer wieder. Türen knallten, und Schritte polterten über Holztreppen. „Susan? Wo steckst du?“

Die drei Mitglieder des Grusel-Clubs sahen einander fragend an. Elliot klang sehr aufgebracht. Mit einem Handy in der Hand trat er ins Freie.

„Hi, Roger, hier Elliot. Ist Susan bei dir? – Nicht. Hast du eine Ahnung, wo sie sein könnte? – Auch nicht! – Jaja, wie du in den Nachrichten sehen kannst, war Susan als Zombie ausgezeichnet. Gut, dass mich diese verrückten Kinder gestern auf die Idee gebracht haben. Ich denke, Santina muss sich dieses Jahr keine Sorgen wegen zu weniger Urlauber machen. Wann kann ich übrigens mein Geld abholen? – In Ordnung!“

Er drückte den Ausschaltknopf und klopfte

mit dem Handy nervös auf seinen Waschbrettbauch. Leise schimpfend verschwand er wieder im Haus.

Entsetzt sahen sich die drei an. Gestern war also niemand in der Höhle gewesen, der sich als Zombie verkleidet hatte.

„Das kann nur bedeuten, der Zombie war echt“, flüsterte Vicky.

Nick fuhr fort: „Und diese Susan ist mit einem Zombiekostüm in die Höhle geschlichen. Es waren also ihre Fußabdrücke.“

„Rausgekommen ist aber nicht sie, sondern der echte Zombie!“, sagte Jupiter, dessen Hals wie zugeschnürt war.

„Und wo ist diese Susan jetzt?“, fragte Vicky leise.

Alle drei hatten den gleichen Verdacht, doch keiner wollte ihn aussprechen.

„Und wohin ist der Zombie gegangen?“, fiel Nick ein.

Obwohl die Sonne nicht mehr so hoch am Himmel stand, war es noch immer drückend heiß. Der Grusel-Club setzte sich zum Nachdenken in den Schatten unter eine schiefe Palme.

„Irgendwie kommt mir diese Gegend bekannt vor!“, sagte Vicky plötzlich.

Die Jungen schüttelten ungläubig den Kopf. „Wir sind zum ersten Mal hier.“

„Jaja, aber trotzdem habe ich sie schon einmal gesehen!", beharrte Vicky. „Und zwar gestern Nacht. Genau unter diesen Bäumen hier war der unheimliche Reiter unterwegs."

DAS ZIMMER DES SCHRECKENS

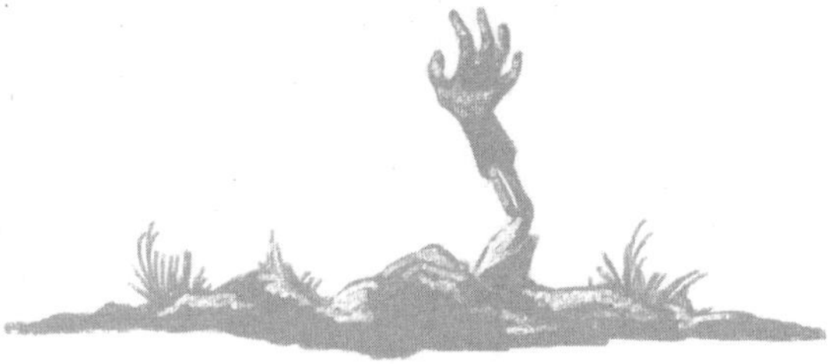

Jupiter fuhr sich immer wieder durch seinen wilden Haarschopf, Vicky kaute an dem Bleistiftstummel, den sie hinterm Ohr trug, und Nick knetete den Rand seiner Kappe.

„Das würde bedeuten, der Zombiemacher war ganz in der Nähe von Elliot unterwegs.“ Jup sprach damit etwas aus, was sich auch die anderen beiden schon gedacht hatten.

„Ob er … ob er seine Seele durch das Schlüsselloch gesaugt hat?“, fragte Nick mit belegter Stimme.

„Elliot sieht noch recht gesund aus“, meinte Jupiter.

„Die Zombiehöhle ist echt“, sagte Nick immer wieder leise.

Was sollten die drei jetzt tun?

„Elliot muss sich selbst um seine Susan

kümmern. Ich betrete diese Höhle bestimmt nicht mehr", erklärte Jupiter.

Auch Nick und Vicky verspürten keine große Lust dazu.

„Obwohl die Höhle jetzt bestimmt sicher ist. Der Zombie, der dort gehaust hat, ist fort!", meinte Vicky.

Nick sah sich nervös um. „Er könnte hier überall lauern."

„Zombies sind lebende Tote, die ihrem Meister dienen", murmelte Jupiter. „Wer könnte der Meister sein?"

„Wir besuchen diesen Dr. Master", schlug Vicky vor. „Möglicherweise hat er eine Idee."

Die drei standen auf und klopften an Elliots Tür. Der Rettungsschwimmer kippte fast aus den Schuhen, als er sie sah. Ohne lange herumzureden, machten sie ihm klar, dass sie alles wussten.

„Ihr wollt mir bloß … bloß Angst einjagen. Wagt ja nicht zu behaupten, dass ich mit der Sache zu tun habe. Euch fehlt jeder Beweis."

Triumphierend schwenkte Nick seine Kamera. „Ich habe die Haiflosse in deinem Wagen geknipst", schwindelte er.

Elliot wollte den Fotoapparat schnappen, aber Nick zog ihn schnell weg und stürmte davon. Jupiter und Vicky folgten ihm.

Sie schwangen sich auf die Fahrräder und rasten davon. Elliot unternahm zum Glück keinen Versuch, sie zu verfolgen.

Es war Zeit fürs Abendessen, und so kehrten die drei vom Grusel-Club ins Hotel zurück. Es gab aber nur einen großen Topf Spaghetti mit Tomatensoße aus der Dose.

„Tut mir leid, aber die Aufregungen sind zu viel für mich“, entschuldigte sich Mrs Linn. Immer wieder hörten die drei Freunde sie murmeln: „Dieser Skandal … wie konnte das nur geschehen?“

Nach dem Essen halfen Jup, Vicky und Nick beim Abräumen und stellten das Geschirr sogar in die Spülmaschine. Ihre Eltern staunten nicht schlecht, und Mrs Linn freute sich sehr. Natürlich gab es einen Grund für die große Hilfsbereitschaft. Der Grusel-Club wollte von Mrs Linn einiges erfahren.

„Was halten Sie denn so von Zombies?“, fragte Vicky ganz nebenbei, als wäre das ein ganz normales Plauderthema.

Die sonst so geschwätzige Mrs Linn presste die Lippen zu einem dünnen Strich zusammen.

Fragend sahen die drei sie an.

„Was starrt ihr so? Zombies … das ist … Unsinn“, sagte die Hotelbesitzerin ausweichend und verließ die große Küche.

Nick machte den anderen klar, dass er ihr folgen wollte.

Nachdem sie den Geschirrspüler gefüllt hatten, suchte Vicky über ihr Smartphone im Internet nach der Telefonnummer von Dr. Master. Es gab im Ort zwanzig Personen dieses Namens. Vicky stöhnte auf. Zum Glück hatte aber nur eine einen Doktortitel. Vicky wählte die Nummer, und nach langem Klingeln wurde abgehoben.

„Hallo?", meldete sich eine tiefe Stimme.

Nachdem sie sich kurz vorgestellt hatte, kam Vicky gleich zur Sache. „Wir würden Sie gerne heute noch besuchen. Wäre das möglich?"

„Kein Problem, ich bin ein Nachtmensch", lautete die Antwort.

Als Vicky auflegte, kam Nick zurück.

„Mrs Linn hat auch telefoniert", berichtete er leise. „Es kam ein Anruf für sie. Heute Nacht gibt es irgendein Treffen in einem Lagerhaus beim Bootshafen."

„Wir werden dort sein", antwortete Jupiter ebenso leise.

Ihren Eltern sagten Vicky und Nick nur etwas von „einer kleinen Radtour", als sie sich verabschiedeten.

„Seid aber bitte nicht zu spät zurück", ermahnte ihre Mutter sie.

Eine ordentliche Radtour wurde es auch, denn das Haus von Dr. Master lag weit außerhalb von San Angelo. Es erinnerte an eine kleine Festung und war aus behauenen Felsbrocken erbaut. Die Eingangstür war schwarz gestrichen, und der Türknauf hatte die Form eines Totenkopfes.

Dr. Master war völlig in Schwarz gekleidet, als er öffnete. Beim Gehen watschelte er wie eine Ente, und seine kurzen, dicken Arme waren ständig in Bewegung.

Er führte die drei durch einen engen Gang in ein muffiges Zimmer, das anscheinend seit Jahren nicht mehr gelüftet worden war. Der Boden war mit Zeitschriften bedeckt. Da es keine Regale gab, türmten sich die Bücher in meterhohen Stapeln.

Nick war zurückgeblieben. Er stand noch immer im Gang und starrte mit offenem Mund in einen anderen Raum.

„Pssst, komm schon“, zischte ihm Vicky zu.

Nick bedeutete ihr, dass er ihr etwas zeigen wollte. Jup wusste sofort, was er zu tun hatte. Er lenkte Dr. Master ab und stellte ihm viele Fragen zu den Bildern, die an den Wänden hingen.

Vicky warf einen Blick durch einen Türspalt in ein Zimmer, das von kaltem blauem Licht erhellt wurde. Immer wieder hörte sie ein zischendes Geräusch, das ihr Schauer über den Rücken jagte.

Stumm zeigte Nick auf Pappkartons, die übereinandergestapelt waren. Auf jedem klebte ein Etikett mit einem Namen.

„Schau nach rechts, aber schrei nicht", raunte Nick seiner Schwester zu.

„Ich schreie nie …!" Vicky presste erschrocken die Hand auf den Mund. Zum Glück hatte Nick sie gewarnt.

Rechts stand eine Glasvitrine mit ekligem Inhalt: einer Hand, einem Fuß und einem Ohr. Darüber hing eine dieser Lampen, die Fliegen anlockte und vertilgte.

Vicky spürte ein Würgen im Hals und drehte sich schnell weg.

„Das ist ja ein Zimmer des Schreckens", flüsterte sie.

„Dieser Dr. Master … vielleicht ist in Wirklichkeit … er der Witch Doctor, der Zombiemacher", sagte Nick mit belegter Stimme.

Sein Verdacht leuchtete Vicky ein. Nur zu gern aber hätte sie gewusst, was sich in den Schachteln befand. Einer der Namen kam ihr sehr bekannt vor: Es war „Jonathan Smith", den Dr. Master im Fernsehen erwähnt hatte.

NICKS MUTPROBE

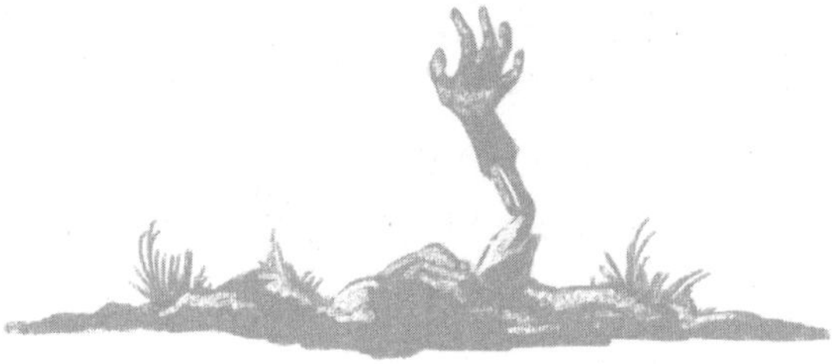

Jupiters Stimme wurde immer lauter. „Wie interessant! Sie sind also extra für Ihre Forschungen in diese Gegend gezogen!“, sagte er bestimmt schon zum fünften Mal. „Sie sind von weither ge-KOMMEN!“ „Kommen“ betonte er besonders stark, damit seine Grusel-Club-Freunde endlich kamen.

Nick deutete auf die Lampe, die das bläuliche Licht ausstrahlte. Eine dicke Fliege, die die Vitrine umschwirrt hatte, schien davon wie magisch angezogen. Als sie das Gitter berührte, das die Lampe umgab, gab es ein kurzes Zischen und einen kleinen Blitz, und die Fliege war Vergangenheit.

„Kein Wunder, dass die Viecher herkommen“, flüsterte Vicky. Die Vitrine musste sie anlocken.

„Woher sind Sie eigentlich ge-KOMMEN!“, hörten die Geschwister ihren Cousin fast schon schreien. Sie verstanden endlich und liefen sofort zu ihm. Jupiter verdrehte die Augen zur Decke und schnitt wilde Grimassen.

„Also viel mehr weiß ich auch nicht“, beendete Dr. Master gerade seinen Vortrag.

„Viel mehr als was?“, fragte Nick arglos.

Der Forscher drehte sich zu ihm und musterte ihn durch die dicke Hornbrille.

„Aber das habe ich doch gerade erzählt, hast du nicht zugehört?“

„Äh ...“ Nick wusste sofort, dass er einen Fehler gemacht hatte. „Äh ... hier ist alles so spannend“, stammelte er.

Jupiter fasste schnell zusammen, was er erfahren hatte. „Dr. Master hält das Auftauchen von Zombies für möglich. In dieser Gegend gibt es nämlich angeblich einen Geheimbund, dem ein Zombiemacher vorsteht.“

„Sind Sie auch schon ganz nahe an einen solchen Zombie herangekommen?“, fragte Vicky beiläufig.

„Äh ... nein, wieso?“

„Nur so!“, antwortete Vicky ausweichend und zwinkerte Nick zu. Dr. Master verheimlichte also seine schaurige Sammlung von Beweisstücken in der Glasvitrine.

„Na ja, dann gehen wir wieder“, drängte Vicky zum Aufbruch. Dr. Master brachte sie hinaus. Auf dem Weg durch den Flur schloss er mit einem Knall die Tür zum Schreckenszimmer. Er wirkte sehr erleichtert, den Grusel-Club wieder los zu sein.

Die drei radelten ein Stück von seinem Haus fort. Hinter der ersten Wegbiegung blieben sie stehen, und Jupiter ließ sich von der Entdeckung der anderen beiden berichten.

„Denkst du, er könnte der Zombiemacher sein?“, wollte Vicky wissen.

Jup zuckte mit den Schultern. „Möglich ist alles.“

Nick fiel etwas ein. „Vielleicht bewahrt Dr. Master in den Kartons die Seelen seiner Opfer auf.“

„Am besten, wir gehen zurück und fragen ihn!“, schlug Jupiter vor.

Nick tippte sich an die Stirn. „Du spinnst wohl. Mache ich niemals. Habe keine Lust, selbst in einen Zombie verwandelt zu werden.“

„So einfach geht das nicht, also kannst du dich abregen“, sagte Jup unwirsch. „Manchmal denke ich, du bist für die Arbeit des Grusel-Clubs doch noch zu klein.“

Empört stemmte Nick die Hände in die Seite. „Bin ich nicht! Ihr seid höchstens zu doof.“

„Reg dich ab, Kleiner!“, sagte Vicky wie eine Mutter, die zu einem Baby spricht.

Das brachte Nick erst recht zur Weißglut. „Na gut, dann werde ich euch beweisen, wie gut ich bin. Ich hole eine dieser Schachteln aus dem Haus von Dr. Master!“

Bevor die anderen beiden ihn noch zurückhalten konnten, war er schon losgeradelt.

„Das traut der sich nie“, seufzte Vicky. „In ein paar Minuten ist er wieder da und tischt uns die windigste Ausrede der Welt auf.“

Aber Nick kam nicht so schnell zurück.

Als er das Haus von Dr. Master erreichte, verließ ihn kurz der Mut. Nachdem er ein paar Mal tief durchgeatmet hatte, ging es ihm aber besser. Er versteckte das Rad hinter einem Gebüsch und schlich geduckt um das Haus.

Das Zimmer mit der Vitrine und den Schachteln besaß kein Fenster, durch das er hätte klettern können.

Sehr schlecht.

Aus dem Arbeitszimmer von Dr. Master fiel ein schwacher Lichtschimmer. Nick hob den Kopf und spähte über das Fensterbrett.

Dr. Master lief im Zimmer auf und ab und rang die Hände. Als das alte Telefon klingelte, riss er den Hörer in die Höhe.

„Ja? … Wann? … Wo? … Danke!“ Es gab einen Knall, als er wieder auflegte. Nicht einmal eine Minute später verließ er sein Haus.

Er hatte einen schwarzen Hut tief ins Gesicht gezogen.

Nick wartete eine Weile. Sein Herz hämmerte.

Dr. Master holte einen klapprigen Wagen aus der Garage und fuhr davon. Als die roten Rücklichter hinter der Kurve verschwunden waren, wagte sich Nick aus seinem Versteck. Er hastete zur Tür und drehte am Totenkopf-Knauf.

Die Tür ließ sich öffnen. Ohne lange zu überlegen, betrat Nick den Flur. Die Haustür ließ er angelehnt. Er nahm die oberste Schachtel vom Stapel, hob aber nicht den Deckel. Mit der Box unter dem Arm wollte er das Haus verlassen, als er mit einem Schrei zurücktaumelte. In der Tür stand eine Gestalt mit Zylinder und geschminkter Totenkopfmaske: ein Witch Doctor!

DAS TANZENDE SKELETT

„Mann, wo bleibt er?“, stöhnte Vicky und trommelte ungeduldig auf die Lenkstange ihres Fahrrads.

„Master ist weggefahren, die Luft ist also rein!“, sagte Jupiter.

Vicky lachte trocken. „Ich wette, er traut sich nicht, will das aber nicht zugeben. Bestimmt ist er schon auf einem Umweg zum Hotel zurückgefahren.“

„Und was tun wir?“, wollte Jupiter wissen.

„Wir … machen auf jeden Fall einen Abstecher zu dem Lagerhaus, in das Mrs Linn heute unterwegs ist. Wahrscheinlich handelt es sich nur um ein heimliches Treffen mit einem Verehrer oder so was.“

Die beiden fuhren los. Zum Glück war die Straße abschüssig, sodass sie nicht viel treten mussten.

Der Bootshafen wurde von Scheinwerfern beleuchtet. Auf diese Weise wollte man verhindern, dass Boote im Schutze der Dunkelheit gestohlen wurden.

Lagerhäuser gab es aber mehrere. Einige waren aus Holz gebaut, andere aus Wellblech. Vicky und Jup fanden allerdings schnell heraus, welches Lagerhaus der Treffpunkt war. Von einem kleinen Hügel aus beobachteten sie, wie immer wieder ein Mann oder eine Frau auf eines der Holzlagerhäuser zueilte. Die späten Besucher sahen sich dabei ständig prüfend um. Sie schienen Angst vor Verfolgern zu haben.

Wenn sie die Tür öffneten, fiel das flackernde Licht eines offenen Feuers durch die Öffnung.

„Gehen wir näher heran?", fragte Vicky flüsternd.

Jup nickte langsam. „Sonst erfahren wir nie, was hier los ist."

Als eine Weile niemand kam, beschlossen die beiden, es zu wagen. Die Räder ließen sie zurück. Sie rutschten auf den Schuhen über eine sandige Böschung und landeten fast direkt vor dem Lagerhaus.

„Kannst du was hören?" Vicky sah Jup fragend an.

Er lauschte kurz und schüttelte dann den Kopf.

Sie wollten nicht genau vor dem Eingang stehen bleiben und schlichen deshalb auf Zehenspitzen an der Außenwand entlang. Jupiter hoffte auf eine Ritze, durch die sie einen Blick in das Innere des Lagerhauses werfen konnten.

Wie ein leuchtender Finger drang das Licht vor ihm durch ein Astloch. Jup kniff ein Auge zu und näherte das andere dem Loch.

Erschrocken wich er wieder zurück.

„Was ist?“, fragte Vicky flüsternd.

„Etwas Heißes ist mir ins Auge geflogen“, stöhnte Jup und hielt die Hand vors Gesicht.

Vicky schob ihn zur Seite und unternahm selbst einen Versuch, in das Lagerhaus zu sehen. Sie war vorsichtiger als Jupiter und erkannte die Gefahr: Direkt unter dem Astloch musste ein Feuer lodern. Ein leichter Windhauch genügte, und eine Flamme schlug durch das Loch nach draußen.

Vicky und Jup blieb nichts anderes übrig, als nach einem anderen Guckloch zu suchen. Sie fanden es ein paar Schritte weiter, und diesmal konnten sie mehr erkennen.

Im Lagerhaus waren dreizehn große Tonschalen aufgestellt, die auf dicken Beinen standen. In jeder Schale brannte ein flackerndes Feuer.

Mindestens zwanzig Leute waren hier versammelt. Auch Mrs Linn war unter ihnen.

Schweigend standen sie im Raum und starrten alle zu einer kleinen Bühne, die mit schwarzem Samt ausgeschlagen war.

Sie warteten, aber nichts geschah.

Vicky und Jupiter wechselten sich vor dem Guckloch ab. Tat dem einen das Auge vom Zusammenkneifen weh, kam der andere an die Reihe.

Vicky starrte gerade angestrengt durch das Loch, als Jup sie heftig einatmen hörte. Er drängte sie weg, um selbst zu sehen, was geschah.

Auf der Bühne schwebte ein grellweißes Skelett mit einem Zylinderhut auf dem gruseligen Totenschädel.

Die Anwesenden verneigten sich.

Jupiter konnte es nicht fassen.

Die Leute hatten auf einmal alle Trommeln und Rasseln in den Händen. Sie stimmten einen geheimnisvollen, beschwörenden Gesang an und schlugen den Takt dazu. Das Skelett bewegte sich im gleichen Rhythmus. Bald zog es den Hut und streckte ihn hin wie ein Bettler.

Einzeln traten die Leute vor und warfen Geldscheine in den Hut. Dabei tanzten und sangen sie aber weiter.

Als alle etwas gegeben hatten, stieß der Totenkopf einen schrillen Schrei aus. Sofort verstummte das Trommeln und Singen.

Was kam jetzt?

Der grellweiße Totenschädel verzog sich zu wilden Grimassen. Manche sahen komisch aus, andere grimmig und bedrohlich.

Der Kiefer, in dem zwei Reihen strahlend weißer Zähne steckten, wurde geöffnet. Ohne Zunge sprach er einen Namen aus.

„Elliot!“, tönte es dunkel und hohl durch die Stille.

Einige Leute schienen sehr überrascht zu sein. Es wurde getuschelt, Köpfe wurden zusammengesteckt.

Mit einer energischen Bewegung der Knochenhand beendete das Skelett alle Gespräche im Raum. Mit der gleichen dumpfen Stimme sprach es weiter. „Elliot ist schuld. Elliot und seine Freundin.“

Empörtes Gemurmel ging durch die Reihen.

Das Skelett machte ein saugendes, schmatzendes Geräusch, brach in schrilles Gelächter aus, schüttelte sich dabei immer heftiger und zerfiel schließlich in einzelne Knochen. Nur der bleiche Schädel schwebte weiter in der Luft.

Die Leute verfolgten den Spuk mit offenem Mund.

„Bye“, verabschiedete sich der Kopf. Im nächsten Augenblick waren alle Knochen und der Schädel verschwunden. Die Anwesenden begannen, die Feuer in den Schalen zu löschen und danach die Halle zu verlassen.

Vicky hatte eine Idee. „Lass uns mal hinter das Lagerhaus schauen!“ Sie packte Jupiter am Arm und zog ihn mit.

ENTDECKUNG AM FRIEDHOF

„Wozu? Was soll das bringen?“, wollte Jupiter wissen.

„Komm schon“, drängte ihn Vicky.

Hinter dem Lagerhaus schrie jemand auf. Es schien dort einen Kampf zu geben.

Vorsichtig spähten Vicky und Jup um die Ecke und sahen einen hinkenden Mann in die Dunkelheit fliehen. Auf dem Boden lag der schwarz gekleidete Dr. Master. Über ihm lagen die dicken Knochen des Spukskeletts. In den Händen hielt er den weißen Schädel und drückte ihn vorsichtig zusammen. Der Totenkopf musste aus einem sehr weichen Material bestehen, vielleicht sogar aus Schaumgummi.

Vicky erkannte, worum es sich handelte: „Das ist eine Art Puppe. Der Puppenspieler steht dahinter und ist schwarz gekleidet. Da auch der

Hintergrund schwarz ist, sieht man ihn nicht, nur die weiße Puppe."

„Und was ist da gerade abgegangen?", wollte Jup wissen.

„Ich fürchte ... hinter der Puppe versteckt sich der Zombiemacher, der soeben sein neuestes Opfer bekannt gegeben hat", flüsterte Vicky.

„Und der Zombiemacher ist Dr. Master", ergänzte Jupiter.

Der angebliche Forscher hatte sich mittlerweile stöhnend erhoben und klopfte den Staub von seinem Gewand. Schimpfend und fluchend machte er ein paar Schritte und verschwand hinter einem Hafencontainer. Eine Wagentür wurde zugeschlagen und der Motor gestartet, dann fuhr Dr. Master mit seiner alten Karre im Rückwärtsgang aus dem Versteck hinaus und kurvte davon.

„Und wer hat ihn überfallen?", fragte Jup.

Vicky konnte nur die Schultern zucken. Ihr war aber etwas anderes eingefallen, das sie Jupiter unbedingt sagen musste: „Weißt du, was ich denke: Einige Bewohner von San Angelo befreien sich mithilfe des Zombiemachers von lästigen Mitbewohnern. Ich glaube, sie bezahlen ihn sogar dafür!"

„Horror!", lautete Jups Kommentar. „Ob die Polizei da einschreiten kann?"

Keiner der beiden wusste es.

„Aber wir müssen Elliot warnen. Wenn er nicht auf uns hört, ist er selbst schuld!", sagte Vicky.

Jup war einverstanden, sofort zu seinem Haus zu fahren.

Nick raste im Höllentempo über den geschotterten Weg den Hügel hinunter zur Stadt. Er hatte nur noch einen Gedanken: So schnell wie möglich fort vom Haus des Dr. Master.

Der Schock steckte ihm in allen Knochen. Allerdings war er zum ersten Mal froh, etwas kleiner zu sein. Diesmal hatte ihn seine Größe gerettet.

Nur mit einer Hand hielt Nick die Lenkstange. In der anderen hatte er noch immer die Schachtel aus dem Schreckenszimmer. Es war ihm gelungen, sie mitzunehmen, obwohl ihn der Totenkopfmann durch das ganze Haus verfolgt hatte. Die Unordnung in Dr. Masters Arbeitszimmer war Nicks Rettung gewesen.

Sein Verfolger war auf den Zeitschriften am Boden ausgerutscht. Nick hatte sogar ein hässliches Knacken gehört, das wahrscheinlich vom Knöchel des Unbekannten stammte. Während sich der Totenkopfmann stöhnend auf dem Boden gewunden hatte, war es Nick gelungen, das

Fenster in dem Zimmer in die Höhe zu schieben. Er konnte hinausklettern und flüchten. Ohne sich auch nur einmal umzudrehen, raste er auf dem Fahrrad davon.

Keuchend trat er in die Pedale. Er wollte nur noch eines: zurück zum Hotel.

In der Aufregung hatte er aber die Orientierung verloren und kurvte deshalb suchend durch breite Straßen, in denen sich nur Grundstücke mit größeren und kleineren Wohnhäusern befanden.

Wo war das Zentrum von San Angelo, in dem auch ihr Hotel war?

Abzusteigen und irgendwo zu klingeln traute sich Nick nicht. So fuhr er kreuz und quer herum und stellte immer wieder fest, dass er im Kreis gefahren war.

Links von ihm tauchte ein riesiges Grundstück auf, das von einer Unzahl von Steinbänken übersät zu sein schien. Erst als er genauer hinsah, erkannte er, worum es sich bei diesen Bänken handelte.

„Das sind ... Grüfte", murmelte er. Die gemauerten Gräber waren ungefähr einen Meter hoch und zwei Meter lang.

Nick wollte rasch vom Friedhof weg.

Da sah er es.

Zuerst dachte er, sich verguckt zu haben.

Aber auch auf den zweiten Blick war es noch da: ein grünlich schimmerndes Licht, das sich zwischen den Grüften bewegte.

Wieder begann Nicks Herz zu hämmern. Er bekam auf einmal keine Luft mehr, musste anhalten und vom Rad steigen.

Der Lichtschimmer lief unruhig durch die langen Grabreihen, als würde er etwas suchen.

Mit angehaltenem Atem stand Nick da und konnte die Augen nicht von dem Licht lösen. Es kam langsam näher.

Nichts wie weg!, dachte Nick, doch seine Beine versagten ihm den Dienst.

„Ich … ich muss weg hier!", sagte er sich immer wieder vor, doch er war unfähig, sich zu bewegen.

Der Schweiß rann ihm in Strömen über den Rücken und das Gesicht. Als er seine Kappe abnahm, waren seine Haare klatschnass.

„Fahr endlich weg!", befahl er sich selbst, aber ohne Erfolg.

Das grüne Licht wuchs in die Höhe. Gegen das Schwarz des Nachthimmels konnte Nick erkennen, um was es sich handelte.

Seine schlimmsten Befürchtungen bewahrheiteten sich: Nur einen Steinwurf entfernt stand der Zombie, der am Morgen aus der Höhle gewankt war.

Seine weißen Augäpfel glotzten in die Dunkelheit. Mit den trockenen Händen tastete er über die Vorderseite der Grabsteine, wo die Namen der Begrabenen eingemeißelt waren. Dabei erzeugte er ein schabendes Geräusch.

Endlich schaffte es Nick, sich zu bewegen. Er schwang das Bein wieder über den Sattel und suchte mit den Zehenspitzen nach den Pedalen. Dabei rutschte er aber ab, und es gab ein metallisches Geräusch.

Der Kopf des Zombies schnellte in die Höhe. Die toten Augen starrten in Nicks Richtung.

Das Haus des Rettungsschwimmers Elliot war hell erleuchtet. Die Fenster standen offen, und seine Stimme war deutlich zu hören.

„Diese dämliche Kuh, wieso meldet sie sich nicht!“, hörten Vicky und Jup ihn schimpfen. „Ich warte jetzt schon seit Stunden auf sie.“

Vicky schlug sich mit der flachen Hand auf die Stirn. „Wir Doofköpfe! Wir haben vergessen, Elliot zur Höhle zu schicken, um dort nach Susan zu suchen.“

„Das können wir sofort nachholen“, meinte Jupiter.

Elliot fluchte und schleuderte wütend den Telefonhörer aus dem Fenster. Vicky stand so, dass sie ihn auffangen konnte.

„He, Elliot!“, rief sie.

Der Rettungsschwimmer stürmte ans Fenster. Als er die beiden erkannte, schnaubte er enttäuscht. „Ach, ihr seid es. Woher wisst ihr, wo ich wohne? Spioniert ihr mir nach?“

„Nein, wir kommen, um dich zu warnen“, sagte Jup ernst. Er berichtete, was sie herausgefunden hatten.

Elliot nickte betroffen. „Ich ... ich danke euch“, sagte er. „Was würde ich ohne Menschen wie euch nur machen?“ Am Klang seiner Stimme war zu hören, dass er ihnen kein einziges Wort glaubte.

„Und deine Freundin solltest du in der Zombiehöhle suchen!“, riet ihm Vicky.

„Na klar, wo sonst?“, sagte Elliot spöttisch, stutzte dann aber. „Moment mal, woher wisst ihr das von meiner Freundin?“ Er nahm Anlauf und sprang aus dem Fenster, genau vor die Füße von Vicky und Jup. Gleich darauf hatte er Vicky am Pulli gepackt und zog sie in die Höhe. „Ihr elenden Schnüffler habt gelauscht, was?“

„Lass mich los!“, keuchte Vicky.

„Dieser Sprung hat dir das Leben gerettet!“, verkündete Jup.

Elliot verzog das Gesicht und stieß Vicky von sich. „Sag mal, spinnt ihr total? Was soll der Quatsch?“

Statt zu antworten, zeigte Jupiter stumm auf das Zombiepulver, das vor der Türschwelle ausgestreut war.

„Hört endlich mit diesem Zombie-Blödsinn auf!“, schrie Elliot entnervt. „Das sind doch alles nur Märchen, sonst gar nichts!“

Vicky hob die Augenbrauen: „Ach so? Heute Nachmittag warst du noch anderer Meinung. Aber jetzt ist dein Auftrag schließlich erfüllt. Du hast San Angelo mit einer Katastrophenmeldung in die Nachrichten gebracht, damit die Leute nach Santina fahren.“

„Aber einige Bewohner von San Angelo bezahlen einen Zombiemacher, damit er Probleme wie dich ‚löst‘!“, fügte Jup hinzu.

„Das ist doch alles Nonsens“, zischte Elliot. „Ihr spinnt total.“ Er lief zur Tür und kratzte mit der Hand das weiße Pulver zusammen. Lachend streute er es sich über den Kopf, sodass er aussah wie ein Bäcker bei der Arbeit.

„Und, was ist? Wo bleibt der große Zombiespuk?“, spottete er. „Seht mal, wie lebendig ich noch bin!“ Er riss an seiner Haut und machte ein paar Schritte auf Jup und Vicky zu. Entsetzt wichen die beiden zurück.

„Komm, weg hier“, flüsterte Jupiter. „Wir haben versucht, ihn zu warnen.“

Sie schwangen sich auf ihre Räder und traten

fest in die Pedale. Hinter sich hörten sie noch lange das höhnische Gelächter von Elliot.

„Wie … wie lange braucht das Zombiepulver, bis es wirkt?“, fragte Vicky keuchend.

Jup zuckte die Schultern. „Keine Ahnung, aber sicher nicht lange. Vielleicht ist er morgen schon …“ Ein Auto schoss aus einer Nebenstraße, und Jupiter musste ein wildes Ausweichmanöver hinlegen. So blieb es ihm erspart, weiterzureden.

Auf den Stufen vor dem Eingang des kleinen Hotels kauerte Nick.

„Na, Schlotter-Bubi, wie lange wartest du denn schon?“, stichelte Vicky sofort.

„Halt die Klappe“, fauchte sie Nick an. Er zitterte noch am ganzen Körper.

In dem Moment wurde die Tür aufgerissen, und Mrs Linn erschien mit Herrn und Frau Schwarzbusch. „Da, sehen Sie nur! Die drei sind gerade erst heimgekommen. Der Kleine hat vor drei Minuten geklingelt, aber ich wollte, dass Sie selbst eingreifen.“

Vickys Mutter schenkte Mrs Linn ein sanftes Lächeln und sagte: „Wir haben unseren Kindern erlaubt, einen kleinen Abendausflug zu machen.“

„Ach so?“ Beleidigt klappte die Hotelbesitzerin den Mund zu und zog ab.

„Aber trotzdem ist es jetzt Zeit für euch, ins Bett zu gehen", meinte Herr Schwarzbusch.

Jup, Vicky und Nick protestierten nicht und verzogen sich sofort. Nachdem ihnen die Eltern eine gute Nacht gewünscht hatten, versammelten sie sich im Zimmer der Jungen.

Es kostete Nick einige Überwindung zu erzählen, was auf dem Friedhof geschehen war. Endlich kam er zu der Stelle, als der Zombie ihn entdeckt hatte.

„Und? Hat er dich angegriffen?", wollte Vicky wissen. „Mach's nicht so spannend!"

„Der Zombie hat … hat den Gruftdeckel zur Seite gestemmt. Er muss irre Kräfte haben", berichtete Nick. „Und dann ist er in die Gruft gestiegen und hat den Deckel zurückgerückt."

„Bist du sicher, dass es der Zombie aus der Höhle war?", forschte Jup weiter.

Nick nickte. „Ganz sicher."

Jupiter und Vicky konnten sich keinen Reim darauf machen.

„Da… das habe ich aus dem Haus von Dr. Master!" Nick zog den Pappkarton heraus, der mittlerweile völlig zerdrückt war.

„Er muss noch einmal in sein Haus zurückgekehrt sein und dich überrascht haben", kombinierte Vicky. „Und da hat er schon diese Skelettpuppe in der Hand gehalten."

„Der Inhalt dieser Schachtel ist sicher ein Beweis für die schwarze Magie, die er betreibt", sagte Jupiter und hob den Deckel. Was sie darunter vorfanden, war aber eher enttäuschend. Aus der Schachtel fielen nur ein paar Zettel und Fotokopien, dazu ein Foto.

„Jonathan Smith", las Vicky vom Schild an der Vorderseite des Kartons ab. Leise fügte sie hinzu: „Eines seiner Opfer."

„Hm, ich weiß nicht", meinte Jupiter und zeigte auf das vergilbte Porträtfoto, an dem ein Zettel mit der Aufschrift „Jonathan Smith, 1822–1878" heftete. „Er ist schon seit hundertdreißig Jahren tot."

RÜCKKEHR IN DIE ZOMBIEHÖHLE

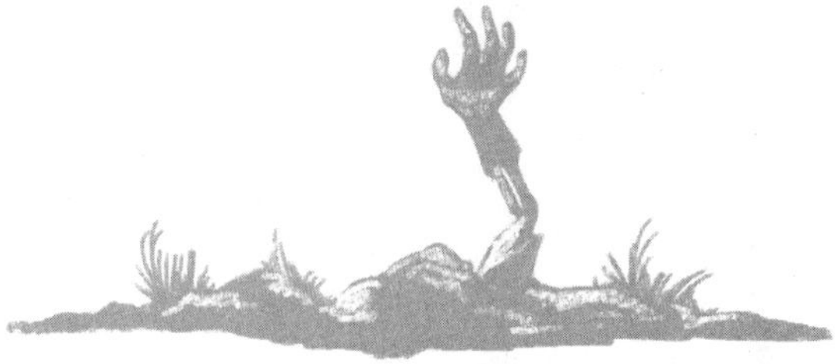

„Das wird immer rätselhafter“, stellte Vicky fest.

„Es gibt zwei Möglichkeiten“, sagte Jup. „Entweder ist Dr. Master selbst schon fast zweihundert Jahre alt, oder aber diese Schachteln enthalten ganz einfach Aufzeichnungen über irgendwelche Leute, die vielleicht auch etwas mit Zombies zu tun haben.“

„Und was meinst du?“, wollte Vicky wissen.

„Dass Dr. Master tatsächlich ein Zombie-Forscher ist“, antwortete Jup. „Und der Typ mit dem Totenkopf, der Nick überrascht hat, war jemand anders. Der Doktor hat einen Hinweis auf das Treffen im Lagerhaus bekommen und ist hingefahren. Der Totenkopfmann hat vielleicht etwas gesucht, das er verschwinden lassen wollte. Möglicherweise Beweismaterial, das Dr. Master in die Hände gefallen ist.“

Nick und Vicky stimmten Jupiters Vermutung zu.

„Und der Totenkopfmann ist auch im Lagerhaus aufgetreten und durch eine Hintertür abgehauen. Die Skelett-Puppe hat er dem lauschenden Dr. Master einfach ins Gesicht geworfen, um nicht erkannt zu werden", setzte Jup fort.

Auch das klang sehr schlüssig.

„Und wer ist dieser Totenkopfmann? Wer ist der Zombiemacher?", fragten Nick und Vicky wie aus einem Mund.

Darauf hatte auch Jup keine Antwort.

„Ich muss ständig an Susan denken, Elliots Freundin!", warf Vicky ein. „Dieser Feigling kümmert sich nicht um sie. Ich habe da aber so ein Gefühl, dass sie Hilfe braucht."

Nach einigen Sekunden Schweigen sagte Jup leise und etwas zögernd: „Das heißt, der Grusel-Club soll die Sache in die Hand nehmen ..."

Vicky nickte langsam.

Eine halbe Stunde später trafen die drei am nächtlichen Strand ein, der leer und verlassen dalag. Der Mond stand fast voll am Himmel und ließ den Sand silbern glänzen. Auf die Spitzen der Wellen zauberte er ein Glitzern.

Es war eine romantische, laue Sommernacht, in der normalerweise viele Liebespaare herumspaziert wären. Nach der Zombiemeldung aber mieden alle den Strand.

Der Grusel-Club war gut ausgerüstet. Jeder der drei Mitglieder hatte eine starke Taschenlampe und für Notfälle auch noch ein Feuerzeug und eine Fackel bei sich. Über ihren T-Shirts trugen sie leichte Jacken, weil es in der Höhle sehr kalt war.

Nick schrie leise auf, als sie durch den Sand stapften, und blieb stehen.

„Was ist?“, wollte Jup wissen.

„Eine Hand … beim Höhleneingang“, meldete Nick aufgeregt.

Als eine leichte Brise vom Meer her über die Klippen strich, war die Hand wieder zu sehen. Sie war ganz dünn und schien zu winken.

„Reg dich ab, das ist doch nur das Absperrband, das die Polizei angebracht hat“, flüsterte Jupiter.

Die Polizisten hatten zwei Pfosten aufgestellt und dazwischen gelbes Plastikband im Zickzack gespannt. Auf einem Schild stand warnend:

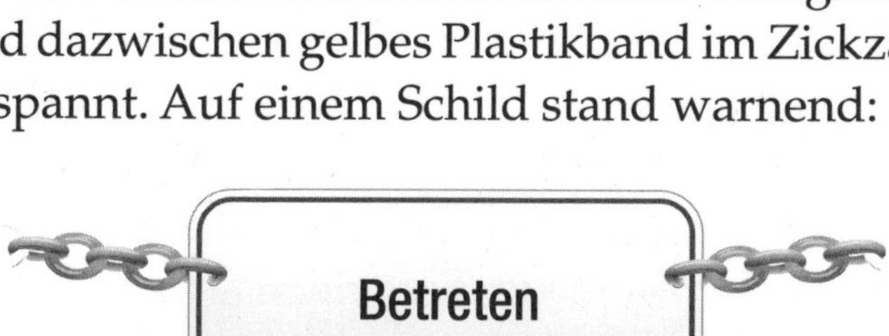

Vicky holte tief Luft und rief: „Hallo, Susan, sind Sie da drinnen?“

Alles, was sie als Antwort bekam, war das Echo ihrer eigenen Stimme.

„Susan?“, riefen auch Jupiter und Nick.

Ein gehauchtes „Susan?“ hallte zurück.

„Wir müssen uns geirrt haben“, stellte Nick mit einiger Erleichterung fest. In diesem Augenblick aber hörten die drei eine ganz schwache Stimme aus weiter Ferne: „Hier ... Hilfe.“

„Sie ist doch da drinnen“, sagte Jup aufgeregt und schlüpfte zwischen den Plastikbändern hindurch. Die anderen zwei folgten seinem Beispiel. Fast gleichzeitig knipsten sie die Taschenlampen an, und die drei Lichtkegel vereinigten sich zu einem starken Strahl. Ein Kopfnicken genügte, und der Grusel-Club marschierte los.

Nach ungefähr zwanzig Schritten hörten sie es zum ersten Mal: ein vielstimmiges Röcheln und Krächzen, das fast wie ein Chor klang. Dazu kam ein Schaben und Kratzen, ein Scharren und Ächzen.

Nick sah die anderen beiden fragend an.

„Hilfe ... holt mich ...“, mischte sich dazu die Stimme von Susan. Sie schien am Ende ihrer Kräfte zu sein.

Langsamer als bisher gingen die drei Freunde weiter, die Köpfe ängstlich zwischen die

Schultern gezogen. Ihre Blicke irrten unablässig suchend herum. Sie durften jetzt nichts übersehen.

Der Geruch in der Höhle raubte ihnen fast den Atem. Es war eine Mischung aus abgestandenem Salzwasser, Algen, toten Fischen und Moder. Der Boden unter ihren Schuhen war nass und gab bei jedem Schritt ein matschendes Geräusch von sich.

Vicky streckte plötzlich die Arme zur Seite, um Nick und Jupiter aufzuhalten. Stumm deutete sie mit dem Kopf nach vorn.

Die Jungen schrien auf.

Vor ihnen war ein verrostetes Metallgeländer, hinter dem es steil nach unten ging. Es war durchgebrochen. Aber auf einer Seite hing eine leblose Gestalt.

SCHAURIGE ENTDECKUNGEN

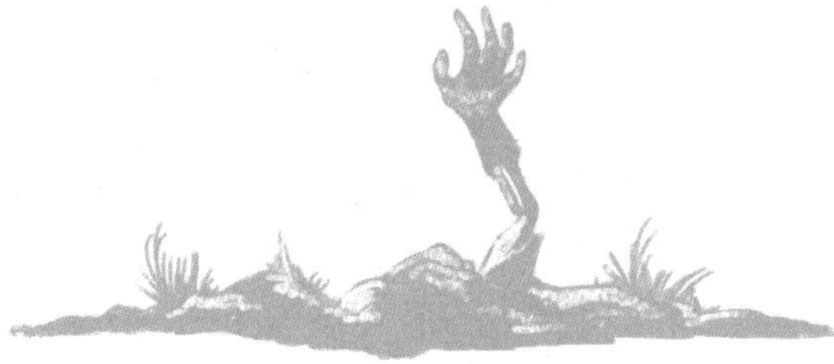

Es dauerte eine Weile, bis die drei erkannten, auf was sie da gestoßen waren.

„Das … das ist kein Zombie … sondern … das Kostüm … das Zombiekostüm!“, stammelte Nick.

Fast im Zeitlupentempo gingen sie darauf zu. Mit spitzen Fingern griff Vicky danach und hob einen der schlaffen Arme hoch. Mit einem schlappen Klatschen fiel er wieder zurück.

„Mann, das sieht fast noch ekliger aus als der echte Zombie“, flüsterte Nick.

Die drei Freunde hatten das Ende der Höhle erreicht und standen jetzt am Rand eines breiten Schachtes, dessen Wände fast senkrecht in die Tiefe fielen.

Jupiter kam ein schrecklicher Verdacht. Er beugte sich vorsichtig über das verrostete

Metallgeländer und leuchtete mit der Lampe hinunter.

„Oh Mann", hörten ihn die anderen beiden aufstöhnen.

„Was ist denn?", wollte Vicky sofort wissen.

In ungefähr zehn Metern Tiefe kauerte eine blonde junge Frau auf einem winzigen Felsvorsprung. Mit den Fingern krallte sie sich verzweifelt in den Rissen der Schachtwand fest. Ihr Gesicht war von Angst und Anstrengung gezeichnet.

„Holt … mich … rauf!", flehte sie mit krächzender Stimme.

Vicky konnte sich vorstellen, was geschehen war: Beim Anziehen des Zombiekostüms hatte sich Susan gegen das Geländer gelehnt. Die Stange, die nur noch aus Rost und etwas Farbe bestand, war durchgebrochen, und Susan war in die Tiefe gestürzt. Es war ein Wunder, dass sie auf dem winzigen Vorsprung gelandet war.

„Ich hole ein Seil", bot Nick an.

Jupiter hielt ihn zurück. „Das dauert zu lange! Wir zerfetzen unsere T-Shirts und drehen daraus ein Seil. Ich habe mein Taschenmesser mit."

Sofort schlüpften sie aus Jacken und T-Shirts und machten sich an die Arbeit.

Auf einmal hielt Vicky inne. „He, hört ihr das nicht? Dieses Krächzen … das geht die ganze

Zeit weiter. Wir … wir haben uns nur irgendwie daran gewöhnt."

Jup gab ihr recht und deutete in den Schacht. „Es kommt von dort unten!"

Noch einmal leuchtete er in die Tiefe, diesmal an Susan vorbei. Als der letzte Schimmer des Lichtstrahls den Boden des Schachtes erreichte, beleuchtete er eine gespenstische Szene.

In der Tiefe standen viele Zombies, die von einem Bein auf das andere wackelten und nach oben glotzten. Es war eine kleine Armee.

Jupiter richtete sich wieder auf und atmete schwer. „Das sind … mindestens dreißig oder vierzig", stammelte er.

Nun warfen auch Vicky und Nick einen Blick in den Schacht.

„Aber … aber wie sind die dort alle runtergekommen?", fragte Nick mit erstickter Stimme.

Jup hatte keine Ahnung.

Die Zombies krächzten fordernd und immer lauter. Sie drängten sich aneinander und begannen, eine Pyramide zu bilden, die schnell nach oben wuchs.

Eine vertrocknete Hand streckte sich nach Susan aus. Der oberste Zombie hatte den Felsvorsprung schon fast erreicht, auf dem sie lag.

Susan hatte keine Kraft mehr zu schreien. Sie wimmerte nur noch verzweifelt.

„Los, schneller!", trieb Jup seine Freunde an.

Sie knoteten die Stoffstreifen aneinander und begannen, sie zu einem Tau zu drehen. Alle drei froren in der kalten Höhle, obwohl sie ihre Jacken wieder übergeworfen hatten.

Die Zombiepyramide wuchs weiter. Wieder kletterte einer der lebenden Toten mit eckigen Bewegungen über die anderen und stellte sich auf die Schultern des Zombies, der vorhin schon fast nach Susan hatte greifen können. Mit einem hässlichen Knacken und Krachen streckte er die Arme aus.

Susan sah die Untoten neben sich auftauchen. Sie roch den ekligen Gestank, der von ihnen ausging.

„Weg ... verschwinde", presste sie heraus.

Der Kopf des Zombies erschien fast genau neben ihrem Gesicht.

Der jungen Frau blieb die Luft weg.

Die toten Augen glotzten sie an. Der Kiefer mit den verfaulten Zähnen öffnete sich, und aus der Kehle des Zombies kam ein Laut.

Susan dachte zuerst, sich verhört zu haben.

Der Zombie wiederholte, was er gerade gesagt hatte.

Das Ende des T-Shirt-Seils fiel auf Susans Bauch. Sie schlang es sich um die Handgelenke und packte es mit beiden Händen.

Noch immer stand der Zombie da, bemüht, sie nicht zu berühren oder noch mehr zu erschrecken. Er klammerte sich an einem Felsvorsprung fest und legte seine freie Hand an die Stelle, wo sich früher das Herz befunden hatte.

„Festhalten, wir ziehen Sie rauf!“, kam Jups Stimme von oben.

Susan stemmte die Füße gegen die Schachtwand und half mit, so gut es ging. Endlich war sie so hoch, dass die Freunde nach ihr greifen und sie an den Schultern in die Höhe zerren konnten. Das Seil, das Jup noch in der Hand hielt, baumelte wieder in die Tiefe.

„Danke … vielen Dank!“, japste Susan.

Jup spürte einen Zug am Seil und riss es sofort hoch. „Der Zombie wollte auch rauf, aber der bleibt wohl besser unten“, sagte er.

Susan bemühte sich, sich halbwegs zu beruhigen, um endlich etwas sagen zu können.

„Ich glaube … sie … sie sind nicht böse … sie wollen rauf … sie sind verzweifelt. Der Zombie hat zu mir ‚Bitte‘ gesagt!“

Nick fiel etwas ein. „Sie wollen in ihre Gräber zurück. Genau wie der Zombie, den ich beobachtet habe.“

Jupiter stieß einen langen Pfiff aus. „Ich wette, die Zombies waren schon sehr lange dort unten.

Aber erst vor ganz kurzer Zeit wurden sie durch das Salz des Meerwassers, das hier eingedrungen ist, zu neuem Leben erweckt, und haben sich erinnert, wo sie eigentlich hingehören."

DER FALSCHE ZOMBIEMACHER

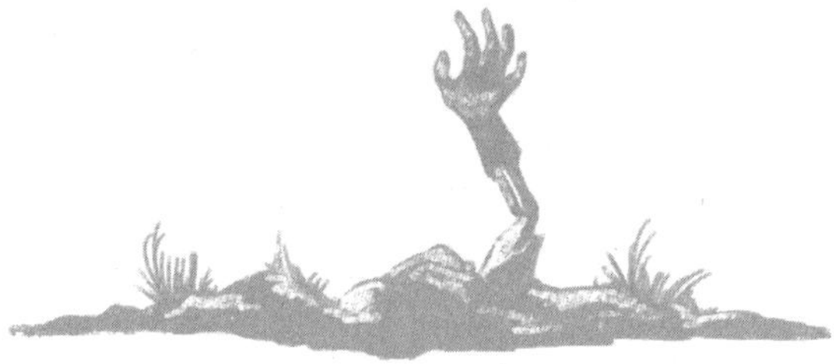

Die Mitglieder des Grusel-Clubs stimmten ab. Sollten sie das Seil in den Schacht werfen, damit die Zombies nach oben kommen konnten, ja oder nein?

Das Ergebnis war eindeutig: drei Stimmen für ja.

„Ich … ich will aber … aber weg sein, wenn die kommen“, gestand Nick.

Jupiter und Vicky ging es nicht anders. Sie nahmen Susan zwischen sich, da sie so geschwächt war, dass sie kaum gehen konnte. Nick befestigte das Seil an einem großen Felsbrocken auf dem Boden und warf das andere Ende wieder in die Tiefe, wo es sofort erfasst wurde. Dann verließen die vier die unheimliche Höhle, so schnell es ging. Mit einem Seufzer der Erleichterung taumelten sie auf den Strand hinaus.

„Weg … weiter weg von hier!“, keuchte Jup.

Sie retteten sich zu einem der Häuschen der Rettungsschwimmer und ließen sich dort auf der Treppe nieder.

Einige Minuten später begann ein gespenstischer Zug. Zombie nach Zombie torkelte aus der Höhle, über den Strand und in Richtung Friedhof.

Nick schrie auf und deutete auf einen Schatten, der sich neben dem Häuschen bewegt hatte.

„Sind Sie das, Dr. Master?“, fragte Vicky laut.

Der Forscher trat heraus und atmete tief durch.

„Ihr wollt mir wohl Konkurrenz machen und die Schau stehlen“, sagte er bitter. „Seit vielen Jahren stelle ich hier meine Forschungen an. Aber ausgerechnet drei Kinder müssen die Zombies entdecken!“

„Glück!“, meinte Vicky wegwerfend.

„Sind das … das alles Zombies, die schon sehr alt sind?“, wollte Nick wissen.

Dr. Master nickte. „Der letzte Zombiemacher in dieser Gegend ist selbst schon fast hundert Jahre tot. Beerdigt wurde er in einem Holzsarg in der Form des Totenkopfmannes, als der er seine Opfer geholt hatte. Übrigens niemals aus Rache, sondern immer nur deshalb, weil die Mitglieder der Gemeinde gegen die Spielregeln verstoßen hatten. Was es nicht unbedingt besser macht."

„Die Zombies waren also in dem Schacht versteckt und sind durch das Salz im Meerwasser zu neuem Leben erweckt worden!", fasste Jup zusammen.

„Du bist wirklich klug, mein Junge", lobte ihn Dr. Master. „Genau so muss es gewesen sein. Die lebenden Toten erinnern sich jetzt, wo sie hingehören: in die Gräber und Grüfte, und genau dorthin kehren sie zurück."

„Und der neue Zombiemacher?", wollte Vicky wissen.

„Ein Betrüger, der den Leuten das Geld aus der Tasche zieht", erklärte Dr. Master. „Ich möchte gerne wissen, wer hinter dieser Maske steckt. Der Unbekannte scheint Angst zu haben, dass ich ihm auf die Spur gekommen bin, da er bereits mehrfach bei mir eingebrochen ist."

Ein Auto hielt, und jemand kam auf den Strand gestürzt. Er lief genau auf das Häuschen zu, wo die drei Freunde mit Susan und Dr. Master saßen. Da sie die Taschenlampen anhatten, waren sie leicht zu finden.

Es war Elliot, der heftig mit den Armen ruderte.

„Dort auf der Straße … das sind echte Zombies!", keuchte er.

Susan funkelte ihn wütend an und zischte: „Und du bist ein echter Feigling. Ohne die Kinder wäre ich in der Höhle umgekommen." Sie holte aus und gab ihm eine Ohrfeige. „Morgen gehst du zum Bürgermeister von San Angelo und gestehst, dass du hinter allem steckst. Tust du es nicht, erledige ich es für dich."

Elliot machte ein Gesicht wie ein kleiner Schuljunge, der auf frischer Tat ertappt worden war.

Jupiter wandte sich an Dr. Master. „Was meinen Sie, sollen wir die Sache mit den echten Zombies für uns behalten?"

Der Forscher hatte einen guten Vorschlag: „Wir geben bekannt, dass der Spuk ein Ende hat. Es besteht keine Gefahr mehr, doch die Sensationsgierigen werden sicher in Scharen kommen."

„Übrigens wirst du auch bald zum Zombie", erklärte Vicky Elliot. Sie drehte sich zu Dr. Master um und zwinkerte ihm zu. „Wer mit dem Zombiepulver in Berührung kommt, ist verloren, nicht wahr?"

Der Forscher verstand sofort und nickte heftig. „Es gibt nur eine einzige Möglichkeit, sich von dem schrecklichen Schicksal zu befreien."

„Welche?", fragte Elliot flehend, denn der Schreck war ihm jetzt in alle Glieder gefahren.

„Sie müssen sich als Schweinchen verkleiden und grunzend vier Wochen lang über den Strand laufen", erklärte Dr. Master mit todernstem Gesicht.

Der Rettungsschwimmer glaubte ihm aufs Wort.

Am nächsten Morgen konnte es der Grusel-Club kaum erwarten, zum Strand zu kommen. Tatsächlich hörten die drei schon beim Aussteigen aus dem Auto Elliots Grunzen. Eine Schar kleiner Kinder folgte ihm begeistert, zupfte an dem Ringelschwänzchen und lachte.

Die Eltern der Kinder waren begeistert über den „Schweinchen-Clown". Bereits zu Mittag traf das Fernsehen ein, und am Abend würde schon ein Bericht über den großen Spaß am Strand von San Angelo laufen.

Auch die anderen Rettungsschwimmer beteiligten sich vergnügt an der „Schweinchenjagd". Dabei fiel Vicky auf, dass Arthur, der Mann mit dem zerknitterten Gesicht, leicht hinkte. Sie erinnerte sich an die Gestalt, die letzte Nacht hinter dem Lagerhaus geflohen war. War Arthur der Betrüger mit der Totenkopfmaske?

Sie wies die anderen beiden auf ihre Beobachtung hin, und Jup rief noch am selben Vormittag bei Dr. Master an, um ihm von dem Verdacht zu berichten. Dieser versprach, sich um die Angelegenheit zu kümmern. Am nächsten Tag war Arthur nicht mehr am Strand zu sehen.

Als die Ferien zu Ende gingen, war San Angelo von Touristen überlaufen. Zum Abschied traf im Hotel noch ein Paket von Dr. Master für den Grusel-Club ein. Die drei Freunde öffneten es gespannt und schraken zurück.

Vicky erkannte als Erste, womit sie es zu tun hatten. „Das ist nur diese komische Puppe, die der falsche Zombiemacher verwendet hat." Erleichtert atmete sie auf.

Im beigelegten Brief schrieb Dr. Master:

Lieber Grusel-Club,

ihr hattet recht mit eurer Vermutung! Arthur war tatsächlich der Betrüger! Dank euch konnte er entlarvt und festgenommen werden. Die Puppe dürft ihr als Andenken behalten.

Viele Grüße
Dr. Master

Jup legte den Brief beiseite. „Dann hat sich also alles geklärt. Auf zum Strand! Lasst uns den letzten Ferientag genießen. Das haben wir uns wirklich verdient!"

Vicky und Nick stimmten ihrem Freund begeistert zu.

Als die drei dem Paket den Rücken kehrten, verzog sich der Mund des Totenkopfes zu einem breiten Grinsen …

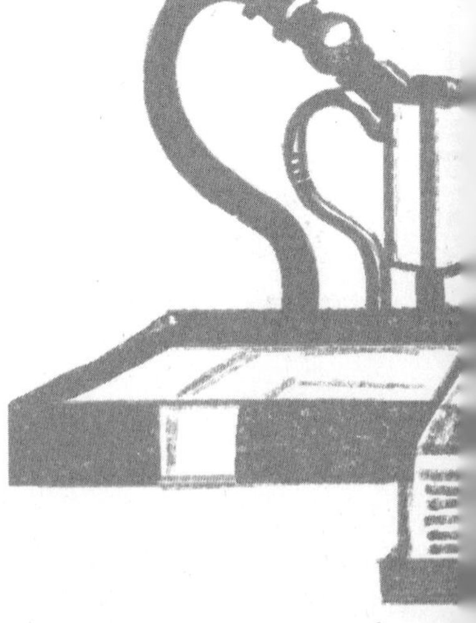

DER ECHTE DR. FRANKEN-STEIN

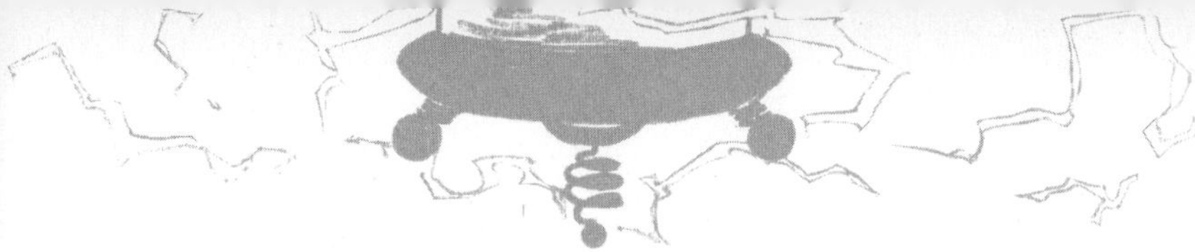

WER SCHLEICHT DURCH DIE NACHT?

„Ich glaube das nicht, niemals!“, sagte Vicky bestimmt schon zum zehnten Mal an diesem Abend.

Nick verdrehte die Augen. „Du nervst, Schwesterchen. Wenn du es nicht glaubst, geh doch nach Hause.“

Jupiter schnaubte ungeduldig. „Könnt ihr nicht endlich mal mit der Streiterei aufhören? Außerdem seid bitte leise, wir sind schließlich auf einem Friedhof.“

„Echt wahr? Darauf wäre ich nie gekommen“, sagte Vicky bissig. „Ich hätte das hier für eine Würstchenbude gehalten.“

Weder sie noch Nick noch ihr Cousin Jupiter hätten es je zugegeben, doch allein wäre keiner der drei zu dieser späten Stunde auf den Friedhof gegangen.

Es war ein kalter Oktobertag, kurz nach acht Uhr am Abend. Über den Boden kroch der feuchte Nebel wie eine graue Decke, die lebendig geworden war. Die Grabsteine und Grabmäler ragten heraus wie die Zinnen und Türmchen einer versunkenen Burg.

Mit Taschenlampen bewaffnet, schlichen die drei vom Grusel-Club zwischen den Gräbern herum und sahen sich suchend um.

„Und wenn er tatsächlich kommt?", fragte Nick. Das Zittern in seiner Stimme war nicht zu überhören.

„Dann legst du dich flach auf den Boden und hoffst, dass er dich nicht sieht", riet ihm Jupiter grinsend.

„Quatschkopf", schimpfte Nick. „Im Ernst, was tun wir, wenn die Gerüchte wahr sind?"

Vicky schüttelte energisch den Kopf. „Die sind nicht wahr, nie und nimmer."

Wie aufs Stichwort tauchte ungefähr dreißig Schritte entfernt ein flackerndes rötliches Licht aus dem Nebel auf.

„Taschenlampen aus!", kommandierte Jup leise.

Es klickte dreimal, und der Grusel-Club stand im Dunkeln. Vor Aufregung hielten die drei den Atem an und fixierten den rostroten Lichtfleck, der langsam auf sie zutanzte.

„Los, wir verstecken uns besser“, flüsterte Vicky, die auf einmal gar nicht mehr so cool war.

Auf Zehenspitzen schlichen sie zur Seite und drängten sich hinter einen Grabstein, auf dem zwei wehklagende Engel saßen. Vorsichtig schoben die drei Freunde ihre Köpfe über die Steinkante und beobachteten gespannt, was geschah.

Der Lichtfleck entpuppte sich bald als altmodische Petroleumlaterne, die jemand an einem langen, gebogenen Griff trug. Der Griff quietschte bei jedem Schritt. Nach und nach wurden die Umrisse der Gestalt erkennbar, die den holprigen Kiesweg entlangkam.

Sie ging etwas nach vorn gebeugt und blickte ständig hin und her. Ob es ein Mann oder eine Frau war, konnte man nicht erkennen, denn die Gestalt trug einen fast bodenlangen dunklen Umhang, aus dem nur die Hand mit der Laterne ragte. Auf dem Kopf saß ein Hut mit breiter Krempe, die tief ins Gesicht gezogen war.

Vicky schluckte immer wieder heftig.

„Na, glaubst du jetzt, dass es ihn gibt?“, raunte ihr Nick zu.

„Kann doch auch Zufall sein. Vielleicht macht da nur jemand einen Grabbesuch“, hauchte Vicky zurück.

„Um diese Zeit, bei diesem Wetter?“ Jupiter tippte sich an die Stirn.

„Soll das heißen, es gibt tatsächlich einen echten Dr. Frankenstein?", flüsterte Vicky. Der Knoten in ihrem Hals wurde immer fester.

„Sieht so aus", erwiderte Jup.

Vicky hatte Mühe, ruhig zu stehen, und zappelte aufgeregt hin und her.

Der angebliche Dr. Frankenstein bog in einen Nebenweg ein, und das schummrige Licht seiner Lampe blitzte immer wieder zwischen den Gräbern auf.

„Wohin geht er?", wollte Vicky wissen.

„Frag uns keine Löcher in den Bauch", zischte Nick genervt.

Jupiter ahnte, was die Gestalt im langen Mantel vorhatte. „Wenn es sich tatsächlich um einen echten Dr. Frankenstein handelt, dann wird er sich gleich ein frisches Grab suchen", sagte er düster.

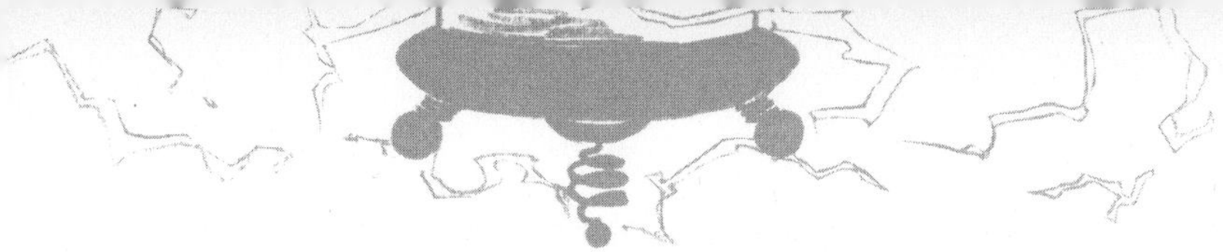

DER MANN MIT DEM TUCH

Jup sah seine Cousine und seinen Cousin fragend an. Auch ohne Worte verstanden ihn die anderen und nickten zustimmend.

Ja, sie würden die geheimnisvolle Gestalt, die vielleicht ein echter Dr. Frankenstein war, verfolgen.

Einfach war es nicht, über den Kiesweg zu schleichen, ohne ein Geräusch zu machen. Jup ging voran und hielt sich ganz am Rand, wo welke Grasbüschel wucherten. Als sie den Nebenweg erreichten, in dem die dunkle Gestalt verschwunden war, blieben sie hinter einem knorrigen Busch stehen und spähten um die Ecke.

Die Petroleumlaterne war auf einem niedrigen Grabstein abgestellt worden. Der Unbekannte im schwarzen Mantel hatte bereits begonnen, Kränze und Blumen, die über einen frischen Grabhügel gehäuft worden waren, zur Seite zu räumen. Er ging dabei sehr schnell vor und warf ständig prüfende Blicke nach allen Seiten, ob er beobachtet wurde.

Vicky rutschte vor Schreck die Brille von der Nase. Auch die Jungen bekamen weiche Knie.

„D… der … der meint es ernst", keuchte Jupiter, der sonst nicht gerade sehr leicht zu erschrecken war.

Nick schauderte. „Heißt das, er … er will den Sarg tatsächlich ausgraben, … um … um den Toten …?" Weiterreden konnte er nicht, denn ihm blieb die Luft weg.

Am anderen Ende des Friedhofs tauchte ein weiteres Licht auf. Der Grusel-Club duckte sich noch tiefer hinter den Busch mit den welken Blättern.

Das Licht war stark und bewegte sich schnell. Schon war das Stampfen von Schritten hörbar. Die dunkle Gestalt richtete sich auf und starrte in die Nacht.

Hinter einem Grabmal kam jemand vorgesprungen und richtete einen starken Handscheinwerfer auf den Unbekannten. Dieser hatte dem Grusel-Club den Rücken zugedreht, doch auf dem Grabstein vor ihm zeichnete sich ein markanter Schattenriss mit einer spitzen Nase ab.

„Was tun Sie da?“, verlangte eine tiefe, bellende Stimme zu erfahren.

Der Unbekannte am Grab schnappte die Petroleumlampe, raffte seinen langen Mantel, damit er nicht stolperte, und ergriff die Flucht.

„Halt, bleiben Sie stehen!“, verlangte der Mann mit dem Handscheinwerfer.

Doch der Unbekannte kümmerte sich nicht darum. Erstaunlich schnell und geschickt rannte er über die schmalen Wege, schlug Haken und verschwand schließlich in der Dunkelheit.

Der andere machte sich nicht die Mühe, ihn zu verfolgen. Er starrte dem Flüchtenden hinterher und murmelte unverständliches Zeug vor sich hin. Als er sich umdrehte, fiel das Licht seiner Lampe auf sein Gesicht.

Die drei vom Grusel-Club erschraken heftig. Der Mann hatte wie ein Bandit ein schwarzes Dreieckstuch vor Mund und Nase gebunden. Seine Augen waren klein, sein Blick war stechend. Langes schwarzes Haar klebte fettig an seinem Kopf.

Nick machte einen ungeschickten Schritt nach hinten und trat genau auf einen dürren Ast, der mit einem lauten Knacken durchbrach.

Alarmiert richtete der Mann den Scheinwerfer in ihre Richtung.

Jup und Vicky blieben hinter dem Busch in

Deckung, hielten die Luft an und flehten darum, nicht entdeckt zu werden. Nick stand da wie erstarrt. Er wagte keine Bewegung.

„Ist da wer?", fragte die tiefe, bellende Stimme. Durch das umgebundene Tuch klang sie dumpf und erstickt.

Natürlich meldete sich keiner der drei.

Sekunden verstrichen, in denen nichts geschah. Der Mann schien nur auf ein weiteres Geräusch zu warten. Endlich drehte er sich weg und verschwand mit schweren Schritten zwischen den Grabsteinen. Als er weit genug entfernt war, atmeten die drei Freunde erleichtert auf.

„Sagt ruhig Angsthase zu mir, aber ich will heim!", gestand Nick.

„Ich auch!", stimmte ihm Vicky zu.

Nick sah sie überrascht an. „Den Tag trage ich mir rot in den Kalender ein. Meine Schwester ist der gleichen Meinung wie ich!"

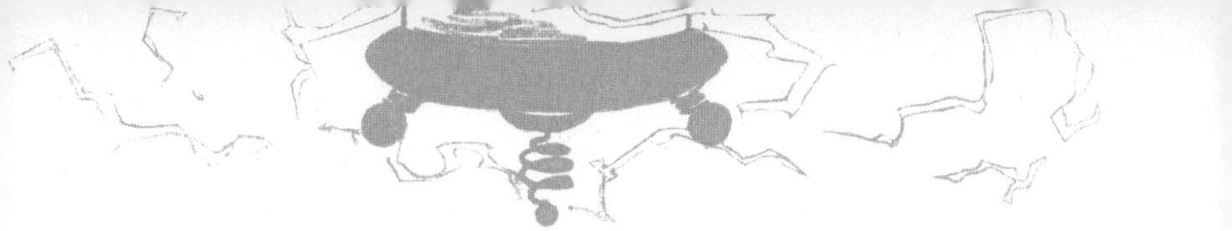

ERTAPPT!

Als Jupiter endlich Burg Falkenfels erreichte, war es bereits nach zehn Uhr. Aus dem kleinen Fenster, das zum Arbeitszimmer seines Vaters gehörte, fiel noch ein gelblicher Lichtschimmer. Bestimmt tippte Professor Katz an einem neuen Zeitungsartikel über Spuk und andere übernatürliche Phänomene.

Eigentlich hätte die Burg eher Ruine Falkenfels heißen müssen, denn von den großen Burgräumen war inzwischen kaum noch etwas übrig. Professor Katz hatte in jahrelanger Arbeit vier Zimmer, eine Küche und ein Bad in dem alten Gemäuer eingerichtet: ein Schlafzimmer für ihn, eines für Jupiter, ein Wohnzimmer und ein Arbeitszimmer.

Die Eingangstür hätte er auch erneuern sollen, dachte Jupiter, als er aufschloss und versuchte, sie so leise wie möglich zu öffnen.

Einfach war das nicht. Das Holz knackte, knarrte und ächzte bei jeder Bewegung. Die Türangeln waren schon seit Jahrzehnten nicht mehr geschmiert worden und gaben einen hohen, singenden Ton von sich.

Jup drückte die Tür nur einen kleinen Spalt breit auf, schlüpfte durch und drückte sie hinter sich zu. Auf Zehenspitzen schlich er die Treppe nach oben und vorbei an der Tür zum Arbeitszimmer. Er wollte schon erleichtert aufatmen, weil ihn sein Vater nicht bemerkt hatte, als er seine Stimme ganz ruhig sagen hörte: „Guten Abend, mein Sohn. Könntest du bitte noch zu mir kommen?"

Oh nein! Sein Vater hatte also ganz genau bemerkt, dass Jupiter heimlich fortgeschlichen war.

„Hallo, Paps", sagte er so locker wie möglich.

Professor Katz blickte ihn durch seine Brille mit dem starken schwarzen Hornrahmen fragend an.

Unruhig trat Jup von einem Bein auf das andere.

„Ich warte", sagte sein Vater, noch immer ganz ruhig.

Jupiter wurde klar, dass es keinen Sinn hatte, lange drum herumzureden.

„Ich war noch mit Vicky und Nick unterwegs.

Es geht um einen neuen Fall für den Grusel-Club", gestand er.

„Aha, und welche Geister jagt ihr diesmal?" Obwohl Professor Katz selbst jeden Tag mit äußerst ungewöhnlichen Vorkommnissen zu tun hatte, hielt er nicht allzu viel von den Unternehmungen des Clubs, den sein Sohn gegründet hatte.

„Paps, was glaubst du, hat es Dr. Frankenstein jemals gegeben?", fragte Jup und ließ sich auf den Stuhl mit der hohen Lehne vor dem Schreibtisch seines Vaters sinken.

Professor Katz schüttelte den Kopf. „Frankenstein ist die Erfindung eines jungen Mädchens, das wohl gar nicht wusste, wie berühmt die Geschichte werden sollte, die es da erdacht hatte."

„Was hältst du von jemandem, der nachts über den Friedhof schleicht und Kränze von einem frischen Grab wegräumt?"

„Was? Falls es einen solchen Menschen tatsächlich gibt, dann sollte man die Polizei verständigen. Das ist völlig verrückt!" Der Professor musterte seinen Sohn prüfend. „Soll das heißen, ihr habt von einem solchen ‚echten Frankenstein' gehört?"

„Wir haben ihn sogar gesehen", sagte Jupiter. Als er sah, wie sein Vater zum Telefon greifen wollte, fügte er schnell hinzu: „Und es war ein anderer Mann hinter ihm her. Vielleicht war der ohnehin von der Polizei."

Professor Katz lehnte sich zurück und verschränkte die Hände. „Jup, bitte lasst die Finger von dieser Sache!", sagte er sehr eindringlich.

Jupiter schwieg. Er wollte nichts versprechen, was er dann nicht halten konnte.

„Ich … ich muss ins Bett", sagte er ausweichend und erhob sich.

„Und ab morgen gibt es keine Nachtausflüge mehr, sonst muss ich streng werden", drohte Professor Katz.

Jupiter lebte mit seinem Vater allein in der Burg. Seine Mutter war vor einiger Zeit gestorben, und seitdem führte Jup den Haushalt. Professor Katz wäre dazu nie in der Lage gewesen. Er war einfach viel zu zerstreut und hatte gar keinen Sinn für Praktisches.

Strafen wie Hausarrest kannte Jup nicht. Normalerweise hielt er sich an die Spielregeln, die sein Vater setzte. Diesmal aber war er sich nicht ganz sicher, ob er nicht doch schon bald wieder auf den Friedhof zurückkehren würde, um dort weitere Nachforschungen anzustellen. An dem Gerücht über den echten Dr. Frankenstein, das in der Stadt seit einiger Zeit die Runde machte, musste doch etwas dran sein, oder?

Ziemlich müde und verschlafen traf Jupiter

am nächsten Morgen mit dem Fahrrad auf dem Schulhof ein. Vicky und Nick erwarteten ihn bereits ungeduldig. Heftig winkend kamen sie auf ihn zugestürzt.

„Was ist los?“, fragte Jup überrascht.

„Wir … wir haben einen Verdacht, wer dieser Dr. Frankenstein sein könnte!“, meldeten die beiden.

Sie zeigten auf den Lehrer mit der Aktentasche, der gerade die Schule betrat. Sein Profil stimmte mit dem spitznasigen Schatten überein, den das Licht letzte Nacht auf den Grabstein geworfen hatte.

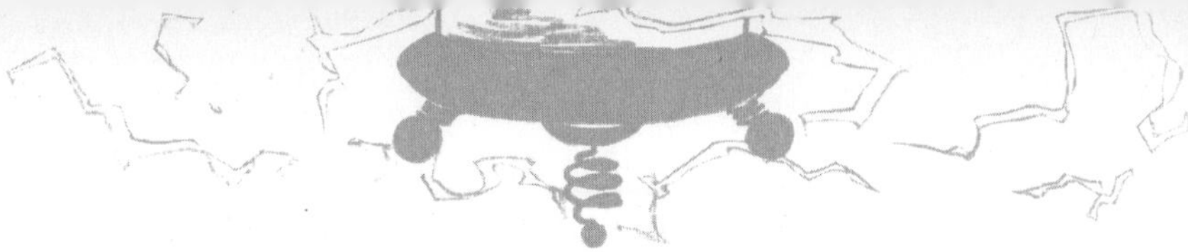

DER NETTE HERR FRANCIS

Jupiter konnte es nicht fassen.

„Das … das gibt es nicht“, war das Einzige, was er rausbekam.

„Aber es muss so sein!“, meinte Vicky. „Dir ist es auch gleich aufgefallen.“

„Aber … das ist nicht möglich! Doch nicht Herr Francis!“, murmelte Jup kopfschüttelnd.

„Es gibt mehr Dinge zwischen Himmel und Erde, als du dir vorstellen kannst“, sagte Vicky altklug.

Jup und Nick verdrehten die Augen. „Unsere Frau Professor hat wieder den klugen Satz zum Tag von sich gegeben“, spottete Jupiter.

Die Schulglocke rief die drei in die Klasse. Während der ganzen ersten Stunde konnte Jup an nichts anderes denken als an den schrecklichen Verdacht, der auf dem Lehrer lastete.

Herr Francis unterrichtete Kunst und war

besonders beliebt. Er konnte zwar sehr streng sein, war aber immer gerecht. Schulstunden bei ihm waren spannend und nie langweilig. Zum Beispiel hatte er einmal mit den Schülern – genau wie ein berühmter Künstler aus den USA – alle Tische und Stühle im Klassenraum in braunes Packpapier gewickelt und verschnürt.

Jupiter schlug die letzte Seite seines Mathehefts auf und schrieb: „Wieso schleicht ein netter Kunstlehrer in der Nacht auf den Friedhof?"

War Herr Francis tatsächlich ein neuer, ein echter Dr. Frankenstein?

In der großen Pause schlenderten die drei vom Grusel-Club durch den Schulgarten. Eine Frage interessierte Jupiter brennend. „Sag, Vicky, von wem hast du gleich noch mal das Gerücht, dass sich ein echter Dr. Frankenstein auf dem Friedhof herumtreibt?"

„Von Frau Melzer, der Gemüsehändlerin", antwortete Vicky.

„Und woher hat die es?", fragte Jup weiter.

Diesmal zuckte Vicky nur die Schultern.

„Wir sollten sie auf jeden Fall fragen", schlug Jupiter vor.

„Und wir sollten uns ein bisschen um Herrn Francis kümmern", ergänzte Nick.

Die Aufgaben wurden folgendermaßen verteilt: Vicky sollte einen Besuch bei Frau Melzer machen, die Jungen mit den Rädern zum Haus von Herrn Francis fahren.

Gleich nach der Schule nahm Vicky den kleinen Umweg durch die Stadt, der sie am Gemüseladen vorbeiführte. Frau Melzer war eine redselige kleine Frau, die ein bisschen an einen jungen Vogel erinnerte. Sie schien ständig durch ihren Laden zu flattern, und ihr Kopf war ununterbrochen in Bewegung.

Da keine Kunden da waren, kam Vicky gleich zur Sache. „Wer hat Ihnen eigentlich von diesem echten Dr. Frankenstein erzählt?", wollte sie wissen.

Frau Melzer legte sofort den Apfel weg, den sie gerade auf Hochglanz polierte. „Das war so ein kleiner Mann, bestimmt reicht er dir nur bis zum Kinn. Er hat bei mir Birnen gekauft. Geredet hat er kein Wort."

Das verstand Vicky nicht. „Und wie hat er Ihnen dann von diesem Frankenstein berichten können?"

„Einmal hat sein Handy geläutet. Er ist vor den Laden gegangen, aber ich habe genau gehört, wie er telefoniert hat." Frau Melzer hatte die Stimme geheimnisvoll gesenkt. „Er hat gesagt: Ich bin jetzt sicher, dass Dr. Frankenstein sich hier niedergelassen hat. Werde versuchen, in sein Haus zu gelangen."

Vicky hob die Augenbrauen. Das klang tatsächlich höchst rätselhaft.

„Kennen Sie den Mann?", wollte sie wissen.

Frau Melzer schüttelte energisch den Kopf. „Der war nicht von hier. Das ist bestimmt ein Gast in unserer Stadt. Ich kenne nämlich jeden, der hier wohnt. Vielleicht nicht mit Namen, aber ich vergesse kein Gesicht, das ich einmal gesehen habe."

„Wann war dieser Mann bei Ihnen?", forschte Vicky weiter.

„An drei Tagen hintereinander, ich erinnere mich genau! Und dann ist er nicht mehr gekommen!" Die Gemüsehändlerin wurde sehr nachdenklich und schlug die Hände vors Gesicht. „Um Himmels willen, vielleicht ist er tatsächlich in das Haus von diesem Frankenstein eingedrungen und wird jetzt gefangen gehalten!"

„Wann haben Sie den Mann zum letzten Mal gesehen?", fragte Vicky nach.

„Es war vor drei Tagen!", hauchte Frau Melzer. „Da bin ich ganz sicher. Ganz, ganz sicher."

Vicky bedankte sich und verließ den Laden. Die Sache wurde immer geheimnisvoller und unheimlicher. Sie schwang sich auf ihr Fahrrad und wollte gerade losfahren, als sie etwas sah, das sie innehalten ließ: Ganz am Ende der belebten Straße kam ein Mann mit einem Tuch vorm

Gesicht aus einem Geschäft und entfernte sich mit schnellen Schritten. Vicky überlegte kurz, dann radelte sie in seine Richtung.

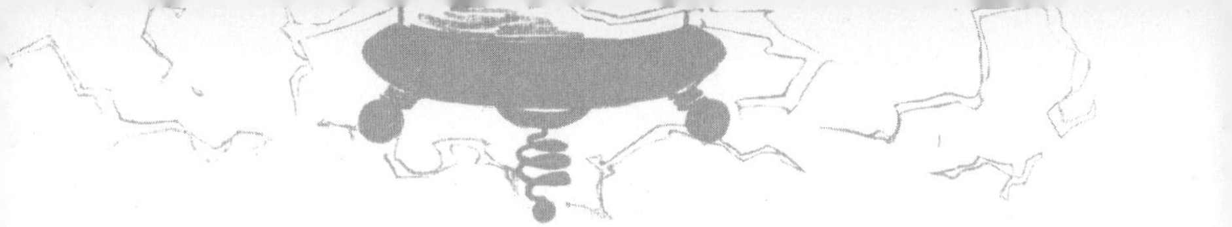

AMADEUSGASSE 23

Als Jupiter und Nick losfuhren, fiel ihnen ein, dass sie gar nicht wussten, wo Herr Francis wohnte. Jup suchte die Adresse über sein Smartphone im Internet, konnte aber nichts finden.

In diesem Augenblick kam Theodora Nagel, die Direktorin, aus der Schule. Wie immer war ihre Frisur kunstvoll aufgetürmt, und kein einziges Haar stand in die falsche Richtung.

Jup entschied sich für eine kleine Schwindelei, die eigentlich keine war. Er trat artig vor die Direktorin und fragte höflich: „Verzeihung, aber können Sie uns sagen, wo Herr Francis wohnt? Es gibt etwas sehr Wichtiges, das wir unbedingt von ihm erfahren müssen."

Frau Nagel musterte Jupiter misstrauisch. „Wenn Schüler nach der Adresse eines Lehrers fragen, haben sie meistens einen Streich vor oder wollen sich rächen."

„Ich nicht!“, beteuerte Jupiter.

„Zu mir haben ein paar Witzbolde vor einem Jahr eine Wagenladung Ziegel bringen und direkt vor meiner Eingangstür abladen lassen. Ich konnte mein eigenes Haus nicht betreten!“, beschwerte sich die Direktorin.

Nick und Jup hatten Mühe, sich das Lachen zu verbeißen.

„Ich habe eine Eins bei Herrn Francis, und Streiche fallen mir keine ein“, sagte Jup mit ernstem Gesicht. Beides war wahr. Im Grusel-Club war Nick der Streichexperte.

„Na gut, aber wehe, ich höre Klagen!“, warnte ihn die Direktorin. „Er wohnt in der Amadeusgasse 23.“

Die beiden Jungen bedankten sich und fuhren los. Unterwegs mussten sie mehrere Male nach dem Weg fragen, da sie die Gasse nicht kannten. Endlich, nach einer halben Stunde, kamen sie an.

Die Amadeusgasse war düster und wirkte nicht sehr einladend. Hohe, uralte Bäume wuchsen links und rechts und nahmen ihr das Licht. Hinter schwarzen schmiedeeisernen Zäunen lagen dunkelgraue Häuschen, die schon bessere Zeiten erlebt hatten.

Nummer 23 war ein Haus mit drei Stockwerken, zwei Erkern und schwarzen Fensterläden, die alle geschlossen waren.

Nick schluckte. „Bisher habe ich Herrn Francis auch für völlig harmlos gehalten, aber vielleicht irren wir uns."

„Was meinst du, sollen wir klingeln?", fragte Jup seinen Cousin.

„Was sonst?", knurrte Nick gereizt – ein Zeichen, dass er sehr aufgeregt war.

Jupiter fiel etwas ein. „Sag mal, was für ein Auto fährt Herr Francis eigentlich?"

Das wusste Nick genau, da er sich für alle Autos sehr interessierte. „Zur Schule kommt er immer mit einem uralten schwarzen VW Käfer."

Die Jungen sahen die Gasse auf und ab, konnten den Käfer aber nirgendwo entdecken.

„Er ist nicht da", stellte Jup fest. „Wir … wir könnten mal über den Zaun klettern und uns ein bisschen umsehen."

Nick war sofort einverstanden und schwang sich die hohen Zaunstangen empor.

Jupiter musste grinsen. „Du machst das so geschickt wie die Affen im Zoo."

„Bäää!" Nick streckte ihm die Zunge raus und kletterte weiter. Gleich darauf spürte er einen brennenden Stich. Erschrocken hielt er in der Bewegung inne. Aber schon kam der nächste Stich, und dann noch einer.

Mit einem kleinen Aufschrei sprang Nick

zurück auf den Gehsteig. Jup sah ihn fragend an. „Was ist los?“

„Weiß nicht … es hat mich etwas gestochen!“

„Wespen und Mücken gibt es um diese Jahreszeit keine mehr“, meinte Jupiter.

„Dann kletter du einmal“, schlug ihm Nick vor.

Jup zuckte die Schultern und versuchte, den Zaun selbst zu erklimmen. Er war noch nicht sehr weit gekommen, als auch er einen Stich im Gesicht spürte. Als er mit der Hand über die schmerzende Stelle wischte, ertastete er aber nichts.

Die nächsten Stiche trafen ihn am Ohr und im Nacken. Danach ließ auch er das Klettern bleiben und sprang auf den Gehsteig zurück.

„Vielleicht steht der Zaun unter Strom“, grübelte Nick. „Das würde bedeuten, wir bekommen elektrische Schläge.“

Das hielt Jup für unwahrscheinlich. „Die Schläge müssten wir an den Händen bekommen, aber doch nicht irgendwo im Gesicht, wo wir den Zaun gar nicht berühren.“

Ratlos sahen sich die Jungen um.

„Vielleicht … spukt es hier …“, murmelte Nick.

„Ich glaube nicht“, sagte Jup und grinste schief.

Er zeigte auf das Haus gegenüber, wo aus einem offenen Fenster ein dünnes Blasrohr auf die Jungen gerichtet war.

ZUR SCHWARZEN KATZE

Vicky musste sich selbst eingestehen, dass sie aufgeregt war. Trotz der Kühle des Herbsttages schwitzte sie gehörig, als sie den Mann verfolgte. Ihr Fahrrad hatte sie an einen Radständer gekettet, denn zu Fuß war sie bedeutend unauffälliger.

Der Mann mit dem schwarzen Tuch vor dem Gesicht ging mit schnellen Schritten durch die Gassen. Er hatte den Kopf gesenkt und die Hände tief in die Taschen seines Mantels gebohrt. Es schien ihn nicht zu interessieren, was sich links oder rechts von ihm tat.

Sein Ziel war ein kleines, schmuddeliges Hotel mit dem Namen „Zur schwarzen Katze“. Er trat ein, und hinter ihm fiel die Tür klirrend zu.

Das Glas der Tür war leider matt, und Vicky konnte nicht durchsehen. Sie zählte im Stillen bis dreißig und betrat dann ebenfalls das Hotel.

Hinter der Tür lag ein winziger Vorraum mit einem schmutzigen, gewellten Teppich und drei wackeligen Stühlen. Auf einem niedrigen Tischchen lagen zerlesene Zeitschriften.

Aus einem Nebenzimmer kam ein mürrischer Mann mit Stoppelbart. Er musterte Vicky missmutig.

„Was willst'n?", knurrte er.

Vicky blickte zu der engen Treppe, die steil nach oben führte.

„Äh … der Mann, der gerade hier reingegangen ist. Der … der kam mir so bekannt vor. Ist das nicht … ist das nicht …?"

Der Stoppelbart stieg nicht auf den Trick ein.

„Geht dich 'n Dreck an, wer das ist!", brummte er. „Und jetzt verschwinde!"

Vicky spürte, dass es keinen Zweck hatte, weitere Fragen zu stellen. Sie würde keine Antworten bekommen, sondern höchstens Ärger. Also trat sie den Rückzug an.

In der Aufregung hatte sie allerdings übersehen, dass ganz oben auf der Treppe im Halbdunkel jemand stand, der die Szene beobachtet hatte.

Nachdem Jup und Nick die Ursache für die vermeintlichen Stiche herausgefunden hatten, waren sie schon etwas beruhigter.

„He, lass den Quatsch!", rief Nick zu dem Fenster hinauf, aus dem das Blasrohr ragte. „Findest du das etwa lustig?"

Mit einer energischen Handbewegung wurde das Fenster nach oben geschoben, und eine Frau streckte den Kopf heraus.

Erschrocken und überrascht wichen die beiden Freunde zurück. Sie hatten damit gerechnet, dass sich ein Kind hinter dem Fenster versteckte.

Die Frau hatte große Augen und langes Haar, das an ihr irgendwie unnatürlich wirkte.

„Was ist denn das für eine Schleiereule?", raunte Nick seinem Cousin zu.

Der Vergleich passte gut, fand Jup. Die Frau erinnerte tatsächlich an eine Eule.

„Was habt ihr dort zu suchen?", schrie sie.

„Wieso beschießen Sie uns mit dem Blasrohr?", gab Jupiter zurück.

„Weil keiner in die Nähe des Hauses darf."

„Wieso nicht?", bohrte Jup weiter.

„Weil es dort lebensgefährlich ist!"

„Wie kommen Sie denn darauf?", wollte Nick wissen.

„Oder gehört ihr zu diesem Verrückten, der sich mein Nachbar schimpft?", tobte die Frau.

Jup und Nick schüttelten den Kopf und warfen einander vielsagende Blicke zu. Die Frau schien einiges über ihren Lehrer zu wissen.

„Wieso sind Sie auf Herrn Francis so schlecht zu sprechen?“, wollte Jupiter wissen.

Die Nachbarin packte ihr langes Haar und drehte es zu einem Riesenknoten im Nacken.

„Der Kerl ist verrückt! Total verrückt! Hat schon einen Grund, wieso er immer die Fensterläden geschlossen hält“, zischte die Frau. „Aber manchmal, in der Nacht, da fällt Licht raus, und ich kann erkennen, was er treibt!“

Gespannt blickten sie die Jungen an. „Und? Was sehen Sie da so?“

In diesem Augenblick kam ein Wagen mit einigem Geknatter durch die Gasse gefahren. Nick erkannte sofort den schwarzen VW Käfer des Kunstlehrers.

Auch die Nachbarin hatte ihn gesehen und drückte mit einem energischen Ruck das Fenster wieder nach unten. Von drinnen rief sie den beiden Jungen noch zu: „Haltet euch von diesem Grundstück fern. Ich rate es euch sehr!“

Herr Francis stieg mit einem großen Paket unter dem Arm aus dem Wagen aus. Als er Jupiter und Nick am Zaun erblickte, verharrte er in der Bewegung. Das sah sehr komisch aus, weil er ziemlich verdreht stand.

„Äh ... Tag!“, grüßte Jupiter ihn schnell.

„Jupiter Katz und Nick Schwarzbusch!“, erkannte sie Herr Francis. „Wollt ihr zu mir?“

„Äh … ja!“, antwortete Jupiter. Fieberhaft überlegte er, welchen Grund er für den Besuch nennen sollte.

„Was kann ich für euch tun?“

Herr Francis trug einen alten, ausgebeulten Mantel über ebenso ausgebeulten grauen Hosen und einem Hemd, das aus Teilen verschiedener alter Hemden zusammengeflickt war. Er wirkte so freundlich wie immer.

„Äh … also … wir … wir wollen ein Projekt machen“, schwindelte Nick. „Und dafür bräuchten wir Ihren Rat. Wir … wollen die Burg nachbauen, in der Jup mit seinem Vater lebt.“

Der Lehrer nickte. „Dazu kann ich euch gerne ein paar Tipps geben. Kommt mit rein.“

Nick zwinkerte Jupiter stolz zu.

Herr Francis trat neben sie, zog einen Schlüsselbund mit jeder Menge langer, alter Schlüssel aus der Manteltasche und schloss das Gartentor auf. An der Haustür musste er gleich vier verschiedene Schlösser aufsperren, bis sie sich endlich öffnete.

Der hat wirklich etwas in seinem Haus zu verbergen, ging es Jupiter durch den Kopf.

„Geht schon weiter ins Wohnzimmer, ich komme gleich“, sagte Herr Francis.

Im Inneren seines Hauses war es fast noch kälter als draußen. Die Wände waren kahl, und

Möbel gab es kaum. Etwas zögerlich tappten die Jungen in die Richtung, die ihnen der Lehrer gezeigt hatte.

Herr Francis selbst schloss eine Zimmertür auf, die ebenfalls mit zwei Schlössern abgesperrt war, und warf das Paket schwungvoll in den Raum. Es schien schwer zu sein. Mit einem dumpfen Geräusch landete es auf einem Sofa, rutschte aber herunter und fiel zu Boden, wo das Papier aufplatzte.

Nick atmete hörbar ein. Er war stehen geblieben, um einen Blick durch den Türspalt zu werfen. Auf einmal bekam er weiche Knie und wurde grünlich im Gesicht.

Aus dem offenen Paket ragte etwas heraus, das wie eine Hand aussah.

Bevor Nick aber genau hinsehen konnte, hatte Herr Francis auch schon wieder die Tür zugeschlagen und abgesperrt.

„Und jetzt zu eurer Burg", sagte er ganz ruhig, so als hätte er ein völlig normales Paket in das Zimmer geworfen.

Nick wankte ins Wohnzimmer. Hatte er sich verguckt, oder hatte er das tatsächlich gesehen? Er war da auf einmal sehr unsicher …

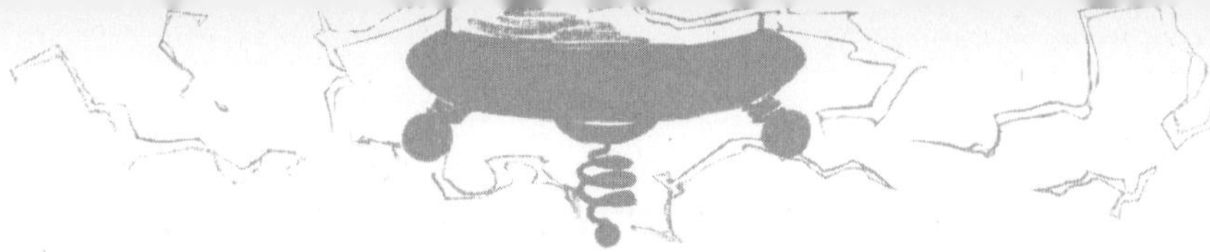

DAS UNTERIRDISCHE LABOR

„Und weiter? Was ist dann geschehen?“, wollte Vicky wissen. Sie hatte den Kopf in die Hände gestützt und starrte Nick und Jupiter gespannt an.

Der Grusel-Club hatte sich in seinen geheimen Treffpunkt zurückgezogen, der sich tief unten in einem Turm von Burg Falkenfels befand und einst die Folterkammer gewesen war. Elektrischen Strom gab es hier nicht. Das Licht kam von zwei Petroleumlampen, die auf einem knorrigen Eichentisch standen.

„Gar nichts weiter!“, beantwortete Nick die Frage seiner Schwester.

„Hat er bemerkt, dass du ihn beobachtet hast?“, fragte Vicky.

„Ich hoffe nicht!“

„Und du könntest nicht beschwören, dass tatsächlich eine Hand aus dem Paket geragt hat?“

Nick schüttelte den Kopf. „Einen Eid würde ich darauf nicht schwören."

„Wie hat es in seinem Wohnzimmer ausgesehen? Jetzt erzählt schon und lasst euch nicht die Würmer aus der Nase ziehen!", drängte Vicky.

„Also, das Wohnzimmer hat eine schwarze Decke und einen schwarzen Fußboden. Die Wände sind weiß!", schilderte Jupiter. „Es gibt drei schwarze Lehnsessel und jede Menge Bücher, die einfach auf dem Boden gestapelt liegen."

Nick schluckte. „Außerdem gibt es ein riesiges altes Goldfischglas. Und in dem schwimmt ein alter Puppenkopf mit Glotzaugen." Er schüttelte sich angeekelt.

Vicky verzog das Gesicht. „Nett", brummte sie. „Ich glaube, so etwas will ich auch haben."

Jupiter hatte die Füße auf den Tisch gelegt und fuhr sich mit den Händen immer wieder durch sein wuscheliges Haar. Da er aufgeregt war, stand es besonders wild nach allen Seiten ab.

„Es könnte durchaus sein, dass ... Herr Francis wirklich ... dieser Dr. Frankenstein ist!"

„Und vielleicht wird in seinem Haus tatsächlich der Mann gefangen gehalten, der bei Frau Melzer Birnen gekauft hat", setzte Vicky fort.

Nick konnte es nicht glauben. „Aber Herr Francis wirkte sonst völlig normal. Er war sehr freundlich, hat uns Cola angeboten und dann genau erklärt, wie man eine Burg bastelt."

„Er kann sich eben gut verstellen", meinte Vicky.

„Aber ... was sollen wir weiter tun?", überlegte Jupiter laut.

Auf diese Frage hatte keiner eine Antwort.

„Mich würde auch interessieren, wer der Mann vom Friedhof ist, der wie ein Bandit im Wilden Westen aussieht", fiel Vicky ein.

Jup schnippte mit den Fingern. „Wir müssen mit ihm reden. Er scheint diesem Dr. Frankenstein ebenfalls auf der Spur zu sein. Er glaubt uns sicher, wenn wir ihm von unseren Beobachtungen erzählen."

Der echte Dr. Frankenstein lief mit großen Schritten durch sein unterirdisches Labor. Er lief vorbei an einem großen Wasserbecken, in dem eine bandagierte Gestalt in einer dicken, klebrigen Flüssigkeit zu schweben schien. An der Wand daneben waren mehrere Knöpfe angebracht, außerdem ein riesiger, altmodischer Kippschalter mit Holzgriff.

Der Mann war sehr nervös. Obwohl er sich in der kleinen Stadt sicher gefühlt hatte, war man ihm auf die Spur gekommen. Seinen ersten Verfolger hatte er zwar rechtzeitig entdeckt und ausgeschaltet, aber schon war der nächste aufgetaucht.

Der echte Dr. Frankenstein hatte sofort einen neuen Plan gefasst und führte ihn bereits durch. Doch dann waren auch noch diese drei Kinder aufgetaucht, mit denen er gar nicht gerechnet hatte. Ihm musste etwas einfallen, wie er sie loswerden konnte.

Liebevoll strich er über die Glaswand des riesigen Behälters und lächelte die umwickelte Gestalt an. Bald, schon bald würde er den großen Kippschalter umlegen. Er brauchte dazu nur noch ein starkes Gewitter. Mit der Energie eines Blitzes würde er sein Meisterwerk erwecken.

Bis dahin hatte er aber noch einiges zu tun. Er musste sich schleunigst an die Arbeit machen.

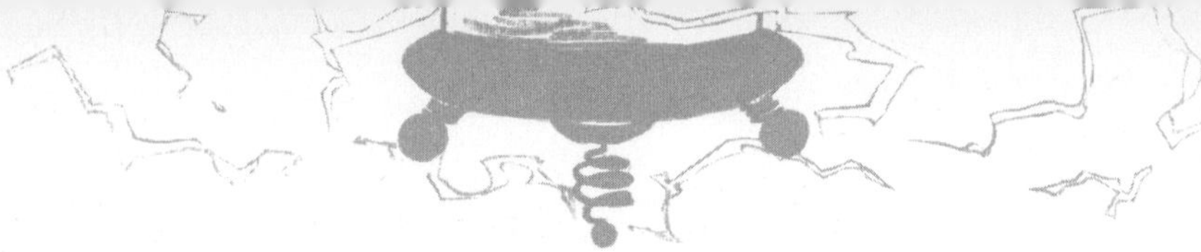

TREFFPUNKT FRIEDHOF

Jup, Nick und Vicky fielen verschiedene Dinge ein, die sie als Nächstes unternehmen könnten. Aber sie konnten sich auf keine Idee einigen.

„Wir brauchen unbedingt Beweise", meinte Jupiter.

Die drei sahen einander an und hatten alle den gleichen Gedanken: Sie mussten noch einmal in der Nacht auf den Friedhof und nach Dr. Frankenstein Ausschau halten.

„Diesmal verfolgen wir ihn, wenn er wieder da ist", entschied Vicky. „Und wenn es tatsächlich Herr Francis ist, dann müssen wir ihn anzeigen."

Jup seufzte tief. Trotz der Schrecken, die sie im Haus des Lehrers erlebt hatten, war Herr Francis noch immer sein Lieblingslehrer.

Und ihn bedrückte noch etwas anderes. Sein Vater hatte ihn ausdrücklich vor weiteren

Nachtausflügen gewarnt, und es wäre besser, wenn Jupiter die Warnung ernst nahm. Kneifen wollte er aber auch nicht.

Er wird mich schon nicht erwischen, beruhigte sich Jup.

Der Grusel-Club verabredete sich für acht Uhr am Eingangstor des Friedhofs.

Tatsächlich hatte Jup keine Schwierigkeiten, die Burg zu verlassen. Sein Vater war mit dem Zug in eine Nachbarstadt gefahren, wo er einen Vortrag über Glücksbringer und Unglücksbringer halten sollte. Er würde erst spät zurückkommen. Jup wollte um diese Zeit schon längst wieder im Bett liegen.

Als er in die kalte Nachtluft trat, hörte er über sich ein Krächzen. Kox, seine zahme Krähe, kam auf ihn zugeflattert und landete auf seiner Schulter.

„Na, wo hast du so lange gesteckt? Ich habe dich schon seit Tagen nicht gesehen!“, sagte Jup zu ihr.

Kox antwortete mit krächzendem Gemurmel, das wie eine Ausrede klang.

„Begleitest du mich?“, fragte Jupiter.

Diesmal krächzte Kox laut und blieb festgekrallt auf seiner Schulter sitzen, als sich Jup auf sein Fahrrad schwang.

Während der Fahrt zum Friedhof ging ihm

durch den Kopf, was für einen schaurigen Fall der Grusel-Club diesmal übernommen hatte. Jup spürte, wie ihm die Gänsehaut über Rücken und Arme kroch.

„Nein, es ist nicht möglich“, führte er ein leises Selbstgespräch. „Herr Francis kann doch nicht wirklich Tote aus den Gräbern holen, um aus ihnen … Monster zu bauen …, die er dann zum Leben erweckt.“

Aber was war mit dem schweren Paket, aus dem laut Nick die Hand geragt hatte?

Jup fröstelte, als er nur daran dachte.

Es deutete alles darauf hin, dass Herr Francis tatsächlich als Dr. Frankenstein unterwegs war.

„Er muss … er muss verrückt sein“, murmelte er. Und vielleicht war er sogar gefährlich.

Je näher Jup dem Friedhof kam, desto langsamer trat er in die Pedale. Deshalb traf er auch ungefähr zehn Minuten zu spät ein. Als er noch ein Stück vom großen Tor entfernt war, sah er schon Vicky und Nick im Schein einer Straßenlampe stehen. Jemand war bei ihnen und redete auf sie ein.

Langsam und zögernd rollte Jup näher. Das Surren der Gangschaltung seines Rades verriet ihn.

Die beiden anderen blickten in seine Richtung und winkten ihm aufgeregt zu.

„Jupiter, komm schnell! Wir haben gerade Herrn Tempofsky kennengelernt“, sagte Vicky, und es war ihr anzuhören, wie unangenehm ihr diese Begegnung war. „Er ist der Friedhofswächter.“

Bisher hatte der Mann mit dem Rücken zu Jup gestanden. Jetzt aber drehte er sich um und nickte ihm zu. Er hatte ein faltiges rosafarbenes Gesicht. Unter der dunklen Kappe ragten ein paar graue Haare hervor. Die Friedhofsuniform schlotterte an seinem hageren Körper.

Herr Tempofsky deutete auf Vicky und Nick und drohte mit dem Zeigefinger. „Ich habe die beiden da erwischt, wie sie noch auf den Friedhof wollten. Aber der ist bereits geschlossen.“

„Wir haben Ihnen doch erklärt, wieso wir hier sind“, sagte Vicky.

Der Wächter nickte bedächtig. „Ja, ja, und das ist eine ernste Sache. Mir ist auch schon aufgefallen, dass etwas nicht stimmt. Und ich habe auch wieder einen Mann bemerkt, der noch spät zwischen den Gräbern herumgeschlichen ist.“

Jupiter fröstelte, obwohl er drei Pullis übereinander angezogen hatte.

„Wir … wir wollen heute ein Beweisfoto knipsen“, sagte Nick und hielt seine Kamera hoch, die sein ganzer Stolz war. „Dann hat der Spuk ein Ende.“

„Allerdings wird es für die ganze Stadt ein ziemlicher Schock sein!“, kündigte Vicky an.

Herr Tempofsky winkte ab. „Nein, nein, Kinder haben um diese Zeit nichts mehr auf dem Friedhof zu suchen. Wissen eure Eltern eigentlich, dass ihr hier seid?“

Die drei machten verlegene Gesichter.

„Also marsch, marsch nach Hause!“, sagte der Wächter streng. „Ich werde selbst nachsehen, ob sich vielleicht jemand auf dem Friedhof versteckt. Möglich wäre es schon. Aber ihr macht, dass ihr heimkommt!“

„Wir gehen ja!“, seufzten Vicky und Nick. Nur Jupiter schien ehrlich erleichtert zu sein, dass ihm die neuerliche Friedhofstour erspart blieb. Die drei Freunde schwangen sich auf die Räder und fuhren langsam die Straße hinunter. Vicky warf zweimal einen prüfenden Blick über die Schulter, weil sie wissen wollte, ob der Friedhofswärter ihnen noch nachsah.

„Er bewegt sich nicht von der Stelle“, knurrte sie.

„Leute, wir sollten die Finger von der Sache lassen“, meldete sich Jup.

„Angsthase“, sagte Nick höhnisch. Normalerweise war er es, der von den anderen wegen seiner Ängstlichkeit gestichelt wurde.

In diesem Augenblick bremste Jupiter so

heftig, dass er fast vom Sattel geschleudert wurde. „Oh nein", stöhnte er. „Bitte nicht!"

In einer kleinen Seitengasse neben dem Friedhof stand der schwarze VW Käfer von Herrn Francis.

SOLLEN WIR ODER SOLLEN WIR NICHT?

„Reicht das nicht schon als Beweis?", fragte Jupiter die anderen.

Vicky überlegte und schüttelte dann den Kopf. „Eigentlich nicht. Das könnte auch ein Zufall sein. Wir müssen ihn auf frischer Tat ertappen und fotografieren. Dann ist alles klar."

„He, Herr Tempofsky ist nicht mehr zu sehen", meldete Nick.

Ohne lange zu fragen, stellte Vicky das Rad ab und begann über das Gitter zu klettern.

„He, vielleicht sind wir dagegen!", meldete sich Jupiter.

„Mir egal", lautete Vickys Antwort. „Ich hasse Fälle, die nicht abgeschlossen sind. Und wir können den Fall Frankenstein bestimmt heute und hier lösen. Also müssen wir es auch tun."

Den Jungen blieb nichts anderes übrig, als ihr zu folgen.

Keuchend kämpfte sich Vicky die Gitterstangen hinauf und war froh, eine gute Sportlerin zu sein. Als sie die Beine auf die andere Seite des Gitters geschwungen hatte, sprang sie elegant wie eine Katze auf den Kiesweg.

Und erschrak heftig. Neben ihr standen Beine. Ganz langsam blickte sie nach oben und in Jupiters grinsendes Gesicht.

„Frau Superschlau, es gibt hier eine kleine Tür, wahrscheinlich für den Friedhofsgärtner", erklärte Jup lässig. „Du hättest dir die Klettertour sparen können."

Leise schimpfend richtete sich Vicky auf und klopfte ihre Klamotten ab.

Schweigend blickten die drei über den nächtlichen Friedhof. Da und dort flackerten Kerzen in den Grablaternen. Nebelschwaden schwebten wie feuchte Tücher zwischen den Grabsteinen. Der Mond, der halbvoll am Himmel stand, spendete bleiches Licht, das den Friedhof noch unheimlicher erscheinen ließ.

Keiner der drei bewegte sich von der Stelle. Sie standen nur da und starrten auf die Gräber und Wege. Und je länger sie starrten, desto unheimlicher erschien ihnen der Ort. Auf einmal glaubten sie, Bewegungen zu beobachten und

Geister zu sehen. Hinter einem Grabstein raschelte etwas, eine Figur auf einer Gruft sah auf einmal sehr lebendig aus und schien nach dem Grusel-Club zu greifen. Und kam dort nicht eine Knochenhand aus der Erde?

Alle drei begannen fast gleichzeitig zu zittern. Jupiter wich ein paar Schritte zurück, bis er mit dem Rücken gegen die kalten Eisenstangen des Friedhofszaunes stieß.

Vicky hob die Arme. „Ich gebe zu, ich fürchte mich auch. Aber … aber wollen wir wirklich kneifen?"

Nick und Jupiter schüttelten den Kopf.

„Kommt! Wir bleiben zusammen, und sobald wir das Foto haben, hauen wir ab."

Widerstrebend setzten sie sich in Bewegung und mussten sich fast zu jedem Schritt zwingen. Das Knirschen des Kieswegs klang in ihren Ohren wie Donner.

Und wenn er uns bemerkt?, schoss es Nick durch den Kopf.

Und wenn er tatsächlich Monster baut und noch ein paar Teile braucht?, überlegte Jupiter.

Ein gelbliches Licht blitzte ein paar Gräber vor ihnen auf. Sofort huschten die drei zur Seite und versteckten sich hinter einem Obelisken, in den viele Namen gemeißelt waren.

Sie hörten das Quietschen des Tragegriffs

der Petroleumlampe und langsame, stapfende Schritte. Jemand schien zwischen den Gräbern herumzuschleichen und etwas zu suchen.

„Das ist er!", hauchte Nick. Er versuchte, die Kamera hochzunehmen, aber seine Hände zitterten so heftig, dass er sie nicht ruhig halten konnte.

Das Licht war an einem Grab stehen geblieben. Am Geräusch erkannten die drei, dass die Petroleumlampe abgestellt worden war.

Vicky nahm ihrem kleinen Bruder die Kamera ab und beugte sich vor.

„Mist", schimpfte sie ganz leise. „Ich ... ich krieg ihn nicht vor die Linse."

Jemand stieß eine Schaufel in den harten Boden und schippte Erde zur Seite.

„Dann schleich näher heran", riet Jup seiner Cousine.

„Mach das doch selbst!", zischte Vicky und drückte ihm die Kamera in die Hand.

Jupiter wollte so schnell wie möglich von hier weg, und deshalb wagte er sich tatsächlich aus dem Versteck. Geduckt schlich er näher zu der Stelle, wo Dr. Frankenstein arbeitete.

Aber war es überhaupt Dr. Frankenstein?

Jup reckte den Kopf und versuchte, über eine niedrige Reihe von Büschen zu blicken, die zwischen den Gräbern wuchsen.

Das Nächste, was Nick und Vicky hörten, war ein Aufschrei und ein knirschendes Geräusch, dem ein dumpfer Aufprall folgte.

ER IST ES WIRKLICH!

Die Petroleumlampe wurde abrupt in die Höhe gerissen.

Vicky und Nick hatten das Gefühl, vom Kopf bis in die Zehen gefroren zu sein. Ihre Beine waren wie erstarrt.

Jupiter spürte einen dumpfen Schmerz im Rücken. Auf einmal war der Boden unter seinen Füßen verschwunden, und er war in die Tiefe gestürzt. Nun lag er in einem feuchten Schacht und sah über sich den dunkelblauen Nachthimmel durch eine rechteckige Öffnung.

Ich liege in einem frisch geschaufelten Grab, schoss es Jup durch den Kopf. Der Gedanke raubte ihm fast den Atem.

Die Petroleumlampe wurde in das Grab gehalten, und Jupiter schloss einen Moment lang geblendet die Augen. Als er sie wieder öffnete, rang er erneut nach Luft.

Der echte Dr. Frankenstein hatte sich vorgebeugt und starrte ihn mit großen Augen an. Der flackernde Lichtschein der Lampe fiel in sein Gesicht, und es gab jetzt keinen Zweifel mehr.

„Herr … Herr Francis", keuchte Jupiter.

Der Lehrer hob eine schwere Schaufel und schwang sie bedrohlich über seinem Kopf. Schützend hob Jup die Arme vors Gesicht. Er hielt noch immer die Kamera in der Hand, und unabsichtlich drückte er den Auslöser.

Es blitzte und surrte.

Herr Francis schien geblendet zu sein und gab ein stöhnendes Geräusch von sich. Er ließ die Schaufel fallen, packte den Rand seines langen Umhangs und drehte sich mit einem Ruck weg. Der Umhang bauschte sich auf wie die Flügel einer Fledermaus.

Stöhnend und ächzend kämpfte sich Jupiter auf die Beine. Lehm und Erde klebten an seinen Klamotten. Zum Glück war das Grab aber nicht sehr tief, und er konnte sich aus eigener Kraft herausschwingen.

Vicky und Nick waren sofort bei ihm und fassten ihn unter den Armen wie einen alten Mann, der gestürzt war. Jup schüttelte sie ab und schimpfte: „Lasst das! Feiglinge! Ihr hättet auch früher kommen können."

„Ist es … wirklich … Herr Francis?“, fragte Nick mit bebender Stimme.

Jup nickte.

„Hast du das Beweisfoto?“, wollte Vicky aufgeregt wissen.

Sie sahen sich auf dem Display der Kamera das Bild an, das Jup gemacht hatte.

„Es ist total schwarz!“, sagte Jup entmutigt. Er hatte also nur den Nachthimmel fotografiert.

Nick zeigte auf den hüpfenden Lichtpunkt, der sich schnell entfernte.

„Er haut ab! Sollen wir ihn nicht verfolgen?“

„Ja, das machen wir!“, entschied Vicky. „Wir brauchen unbedingt ein Beweisfoto.“

Sie rannten los und hatten schon bald den Zaun erreicht. Herr Francis war durch dasselbe Türchen entwischt, das die Jungen vorhin entdeckt hatten. Sie schwangen sich auf ihre Räder und traten in die Pedale. Obwohl sie den verkleideten Lehrer nicht mehr sehen konnten, ahnten sie, welche Richtung er eingeschlagen hatte.

„Aber … aber im Auto ist er viel schneller als wir!“, keuchte Vicky.

„Bin nicht sicher, ob er im Auto unterwegs ist“, sagte Jupiter, während er heftig strampelte. „Oder habt ihr gehört, dass ein Wagen gestartet wurde?“

In diesem Augenblick kam von hinten ein Auto auf sie zugerast. Die drei konnten gerade noch zur Seite ausweichen, bevor ein schwarzer VW Käfer an ihnen vorbeiflitzte.

„Das ist er! Wir müssen vor ihm bei seinem Haus sein!", rief Jup. „Ich kenne eine Abkürzung, wir schaffen das!"

Wie ein Hase, der auf der Flucht Haken schlägt, flitzte er durch enge Gassen. Nick und Vicky hatten größte Mühe, ihm zu folgen.

Eine Baustelle versperrte ihnen auf einmal den Weg. Jup bremste und warf enttäuscht die Arme in die Höhe. Er riss den Lenker herum und nahm die Umleitung, die sehr großräumig war.

Als sie endlich in der Amadeusgasse eintrafen, stand der schwarze VW Käfer bereits am Gehsteigrand. Sie konnten beobachten, wie Herr Francis auf die Haustür zueilte.

Jupiter hob die Kamera und versuchte, ihn in den Sucher zu bekommen. Da drehte sich der Lehrer um und schleuderte einen grell leuchtenden Ball in ihre Richtung, der mit einem heftigen Blitz in der Luft zerplatzte.

Mehrere Augenblicke lang konnten die drei nichts erkennen. Dann aber hatten sich ihre Augen wieder beruhigt, und ihre Blicke wanderten suchend an dem Haus mit den schwarzen Fensterläden entlang.

Herr Francis musste bereits drinnen sein. Draußen stand er jedenfalls nicht mehr.

„Gib her!" Vicky riss Jupiter die Kamera aus der Hand und kletterte über den Zaun.

Im Nachbarhaus wurde ein Fenster geöffnet. Die Frau mit den Eulenaugen beugte sich heraus und starrte Jup und Nick finster an.

„Ihr schon wieder!", schnaufte sie.

Die Jungen beachteten sie gar nicht. Sie verfolgten gespannt, wie Vicky über den Zaun kletterte.

„Bei meinem feinen Herrn Nachbar ist heute auch noch ein Poltergeist", erzählte die Frau hinter vorgehaltener Hand.

Jupiter und Nick sahen sie überrascht an.

„Hinten im Garten hat er eine kleine Hütte, und dort drinnen poltert es ständig!"

„Was? Woher wissen Sie das?", fragte Jup.

Die Frau hob einen dicken Mops auf das Fensterbrett. „Ich habe mit meinem Freddy eine kleine Abendrunde gedreht, und dabei habe ich es gehört."

Ein kurzes Nicken genügte, und Jup und Nick wussten, was zu tun war. Sie schwangen sich ebenfalls über den Zaun und schlichen geduckt in den hinteren Teil des Gartens.

Aufgeregt bedeutete ihnen Vicky, näher zu kommen. Sie stand an einem der geschlossenen

Fensterläden und spähte durch eine Lücke zwischen den hölzernen Lamellen. Schwer atmend, machte sie den Jungen Platz. Jup und Nick beugten sich vor und schnappten bei dem Anblick nach Luft.

In dem schummrig beleuchteten Raum saß Herr Francis an einer Werkbank und arbeitete an einer Figur, die aus menschlichen Körperteilen zusammengesetzt war.

DER MANN IN DER HÜTTE

Die drei Mitglieder des Grusel-Clubs erschauderten.

„Er … er ist es wirklich … er … er hat tatsächlich einen Arm in dem Paket gehabt, und er baut … künstliche Menschen!“, hauchte Nick.

Irgendwo aus dem hinteren Teil des Gartens kam ein dumpfes Pochen. Ganz leise war auch eine Stimme zu hören, die flehte: „Rauslassen, bitte rauslassen!“

„Ein Poltergeist ist das nicht!“, stellte Jup fest.

„Der verschwundene Mann, der Dr. Frankenstein auf der Spur war! Der ist das“, vermutete Vicky.

Nick und Jupiter kämpften sich durch dorniges Dickicht und spürten, wie sie immer wieder auf etwas Matschiges traten.

„Ich hoffe, das ist nur abgefallenes Obst“, keuchte Nick.

Am Zaun stand eine windschiefe Holzhütte, von der die Farbe an mehreren Stellen in großen Teilen abblätterte. Fenster hatte sie keine, nur eine schmale Tür, die außen mit drei Schieberiegeln verschlossen war.

Jup klopfte an und fragte durch das Holz: „Wer ist da drinnen?"

„Raus…, rauslassen!", flehte eine schwache, heisere Stimme.

Die Jungen mussten sich sehr ins Zeug legen, um die Riegel zur Seite zu drücken. Endlich hatten sie es geschafft. Beim Aufziehen gaben die Türangeln einen gequälten Laut von sich.

Aus dem Dunkeln stolperte ein drahtiger Mann, der nur einen halben Kopf größer war als Nick. Seine Kleidung und sein Gesicht waren verdreckt, und unter seinen Augen lagen tiefe Ringe. Flehend streckte er seinen Befreiern die Hände entgegen, die an den Gelenken zusammengebunden waren. Nick zog sein Taschenmesser heraus und schnitt die Fessel einfach durch.

Ohne sich zu bedanken, drehte sich der Mann um und stolperte Richtung Zaun.

„He, Sie!", rief ihm Nick nach.

Doch der Mann war schon über den Zaun geklettert und verschwand im Nachbargarten.

„Soll ich ihm hinterher?", fragte Nick.

Jupiter schüttelte den Kopf.

In der Ferne ertönte die Sirene eines Polizeiwagens. Die Jungen und Vicky trafen einander wieder am Gittertor des Grundstücks von Herrn Francis. Sie hatten keine Kraft mehr, auf die Straße zu klettern, und warteten deshalb einfach im Garten auf das Eintreffen der Polizei.

„Hinter Gitter gehört ein solcher Lump!“, hörten sie die Frau aus dem Fenster zetern. Anscheinend war sie es, die die Polizei gerufen hatte.

Gleich drei Streifenwagen kamen und hielten mit quietschenden Bremsen.

„Hierher! Hier wohnt Dr. Frankenstein!“, riefen die drei vom Grusel-Club und winkten mit beiden Armen.

Hinter ihnen war das Klicken von Schlössern zu hören, die aufgesperrt wurden. Die Eingangstür des Hauses öffnete sich, und ein langer Streifen gelbes Licht fiel auf den Kiesweg.

„Was ist denn hier los?“, fragte Herr Francis.

Ängstlich pressten sich Jup, Nick und Vicky gegen den Zaun.

Der Lehrer erkannte sie und hob überrascht die Augenbrauen. „Ihr? Was habt ihr hier zu suchen, um diese Zeit?“

„Lassen Sie uns sofort ins Haus!“, verlangte ein Polizist. „Gegen Sie liegt der Verdacht der Friedhofsschändung vor.“

„Was?“ Herr Francis spielte das Erstaunen wirklich gut, das mussten ihm die drei Freunde lassen.

„Im Haus … gleich im ersten Raum rechts … dort baut er seine Monster!“, berichtete Vicky keuchend.

Der Lehrer verzog fassungslos das Gesicht. „Wovon redest du da, Vicky Schwarzbusch?“

Als Herr Francis kam und das Gartentor aufsperrte, hielten die drei Freunde respektvoll Abstand. Hinter den Polizisten wagten sie sich dann aber doch in das Haus von Dr. Frankenstein.

Ohne sich lange zu zieren, öffnete der Lehrer die Tür zu dem Raum, in dem der Grusel-Club ihn beobachtet hatte. Der Polizist trat ein, und die Freunde spähten neugierig, aber auf das Schlimmste gefasst um die Ecke.

Mehrere Sekunden lang herrschte Schweigen. Ein gefährliches, fast bedrohliches Schweigen. Ganz langsam drehte sich der Polizist um. Er blickte zuerst zu Herrn Francis, der lässig an der Tür lehnte, dann zum Grusel-Club. Die Augenbrauen des Polizisten wanderten nach oben.

Jup, Nick und Vicky schluckten heftig. Sie konnten nicht glauben, was sie sahen. Es war absolut unfassbar.

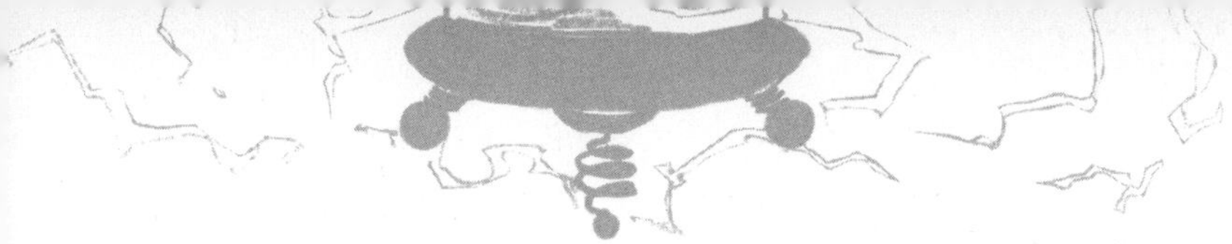

DONNERWETTER

Die drei Freunde wurden im Polizeiwagen heimgebracht. Zuerst wurden Nick und Vicky vorm Haus ihrer Eltern abgesetzt und von einem Polizisten bis zur Tür begleitet. Frau Schwarzbusch staunte nicht schlecht, als sie öffnete, und erst recht über das, was der Polizist ihr zu sagen hatte.

Jupiter rutschte auf der Rückbank immer tiefer. Er hoffte, dass seine Tante ihn nicht sah. Wenn Nick und Vicky dichthielten, würde sein Vater vielleicht nie erfahren, dass er wieder heimlich in der Nacht unterwegs gewesen war.

Aber Jupiters Hoffnungen zerplatzten kurz darauf wie eine Seifenblase. Der Polizeiwagen hatte kaum vor Burg Falkenfels gehalten, als schon die Tür aufging und Professor Katz heraustrat.

Sein Gesicht sagte alles. Jup wusste, dass er

mit ziemlich großen Schwierigkeiten zu rechnen hatte.

Der Polizist, ein ruhiger, aber bestimmter Mann, trat vor den Professor und legte die Hand an die Kappe.

„Ist das Ihr Sohn?“

Professor Katz nickte.

„Er, seine Cousine und sein Cousin behaupten, ihren Kunstlehrer, Herrn Francis, auf dem Friedhof beobachtet zu haben, wo er sich als Dr. Frankenstein betätigt haben soll.“

Jupiters Vater warf seinem Sohn einen fassungslosen Blick zu.

„Sie haben die Polizei zum Haus des Lehrers rufen lassen, wo dieser in einer Werkstatt tatsächlich Figuren aus Körperteilen zusammensetzt.“

Diesmal runzelte Professor Katz überrascht die Augenbrauen.

„Es handelt sich um die Teile von Schaufensterpuppen“, fügte der Polizist grinsend hinzu. „Herr Francis ist eben auch Künstler und beschäftigt sich mit dem Bau dieser Objekte, die Anfang nächsten Jahres sogar in einem großen Museum ausgestellt werden sollen. Aus Angst vor Vandalen hat er sein Haus gut gesichert.“

Jupiter wäre am liebsten im Boden versunken. So eine Pleite! Schon auf der Fahrt hatte er mit anhören müssen, wie sich die Polizisten über den Grusel-Club lustig gemacht hatten. Auch die Geschichte mit dem Mann im Schuppen hatten sie ihnen nicht geglaubt.

Nachdem der Streifenwagen wieder gefahren war, schlich Jupiter wie ein geprügelter Hund in die Burg. Sein Vater tat das Schlimmste, was Jup sich vorstellen konnte: Er schwieg. Er schimpfte nicht, er tobte nicht, er schrie nicht. Er sagte ganz einfach gar nichts.

Stumm ging er in sein Arbeitszimmer und wollte bereits die Tür hinter sich schließen. Jupiter drehte sich um und fragte: „Bist du … sehr sauer?“

Professor Katz schüttelte den Kopf.

„Nicht sauer, sondern enttäuscht. Wir hatten doch eine Vereinbarung, was nächtliche Ausflüge betrifft. Außerdem hätte ich dich für erwachsener und klüger gehalten.“

Nach diesen Worten drückte er die Tür zu. Mit hängenden Schultern ging Jup in sein Zimmer und ließ sich auf das Bett sinken.

Wenn die anderen aus der Schule von dieser Sache erfuhren, würden sie sich schieflachen. Und Herr Francis war bestimmt auch sauer.

Aber sie hatten ihn auf dem Friedhof gesehen! Und der Mann in der Hütte war auch keine Einbildung gewesen.

Das Telefon klingelte, und Jup ging schnell ran. Es war Vicky.

„Eine Woche Hausarrest", berichtete sie leise.

„Ich weiß noch nicht, was mir blüht", flüsterte Jupiter.

Der echte Dr. Frankenstein saß zur gleichen Zeit in seinem Labor und lachte still vor sich hin. Hinter ihm stiegen kleine Luftblasen aus der dicken, durchsichtigen, klebrigen Masse, in der die dunkle bandagierte Gestalt schwebte.

Es war geschafft! Seine Verfolger war er wohl los. Von jetzt an würde er seine Ruhe haben und endlich sein großes Experiment zu Ende führen können.

Mit einem hohen, irren Lachen rieb er sich die Hände und streichelte liebevoll über den großen Kippschalter mit dem Holzgriff.

Er benötigte nur noch ein Gewitter. Ein starkes Gewitter mit heftigen Blitzen. Allerdings war das um diese Jahreszeit, Ende Oktober, eher eine Seltenheit.

Ich könnte auch eine Starkstromleitung anzapfen, schoss es ihm durch den Kopf. *Das würde durchaus auch reichen.*

Von nun an hatte er jedenfalls keine Störungen mehr zu befürchten. In aller Ruhe konnte er seinen Plan vollenden.

„Mein Meisterstück!", rief er mit greller, durchdringender Stimme.

Die dicken Mauern des Labors schluckten jeden Laut, sodass nichts nach draußen drang.

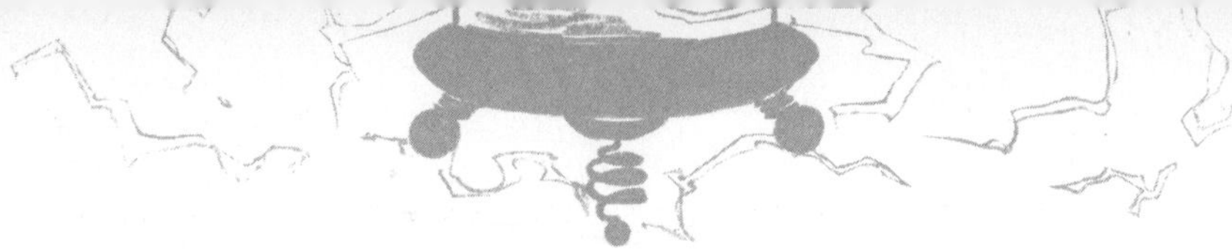

DIE FEINE FRAU NACHBARIN

Niedergeschlagen und bedrückt verließen die drei vom Grusel-Club am nächsten Tag die Schule früher als sonst. Ein Lehrer war krank, und deshalb fiel die letzte Stunde aus.

„Wir konnten den Hausarrest wenigstens in zwei Wochen Küchendienst umwandeln“, berichtete Vicky. „Sonst könnten wir morgen nicht mal zur großen Halloween-Party gehen.“

„Küchendienst, igitt!“, schnaubte Nick.

„Halloween-Party? Ist die schon morgen?“, fragte Jupiter überrascht.

„Klar! Morgen ist der 31. Oktober, der Tag vor Allerheiligen!“, sagte Vicky.

Jupiter stöhnte. Wie die anderen beiden hatte er sich schon lange darauf gefreut, nachts um die Häuser zu ziehen und von den Erwachsenen Süßigkeiten einzusammeln oder ihnen Streiche zu spielen. Nun würde daraus wohl nichts werden.

„Zu blöd, dass das Foto von Herrn Francis nichts geworden ist", kam Nick auf die vergangene Nacht zurück.

„Aber er war auf dem Friedhof!", jammerte Jup. „Ich habe ihn genau gesehen. Und er hatte auch jemanden in seinem Schuppen eingesperrt."

Vicky schnippte zweimal mit den Fingern. „Leute, hört zu! Wir hören jetzt auf, Trübsal zu blasen, und bleiben dieser komischen Frankenstein-Sache trotzdem auf der Spur. Ihr stimmt mir sicher zu, wenn ich sage, dass da etwas faul ist."

Die Jungen nickten.

„Ich kenne zwei Leute, die uns weiterhelfen könnten: den Mann mit dem Dreieckstuch vom Friedhof und die Nachbarin von Herrn Francis."

An die Nachbarin war einfacher heranzukommen. Sie beschlossen, ihr einen schnellen Besuch abzustatten.

Als sie den Klingelknopf drückten, hörten sie im Inneren des Hauses Amadeusgasse Nummer 25 einen tiefen, fast dröhnenden Türgong. Ein Hund kläffte, und kurz darauf spähte jemand durch ein Guckloch. Schließlich wurde die Tür geöffnet.

„Was wollt ihr denn? Habt ihr nicht schon genug Ärger gemacht?", bellte die Frau.

„Wir dachten, Ihnen wäre Ihr Nachbar unheimlich“, schoss Vicky zurück. „Oder haben wir uns da verhört?“

„Äh, nein, habt ihr nicht“, sagte die Frau verlegen. „Er … er ist ein komischer Kauz. Arbeitet immer in der Nacht. Mir ist er nicht geheuer. Auch weiterhin nicht.“

Hinter der Frau tauchte ein Herr in einem grauen Anzug auf. Er machte ein säuerliches Gesicht und fragte ungeduldig: „Frau Krotz, was ist jetzt? Verkaufen Sie Ihre beiden Häuser oder nicht?“

Die Frau riss die Eulenaugen auf, sodass sie noch größer als sonst erschienen. Es schien ihr sehr unangenehm zu sein, dass der Grusel-Club von ihrem Plan erfuhr.

„Für Nummer 23 zahle ich nur den vollen Preis, wenn der Mieter draußen ist. Leider haben Sie diesen dämlichen Vertrag mit ihm abgeschlossen, der ihn absolut unkündbar macht, sodass er praktisch ewig in dem Haus bleiben kann.“

Frau Krotz bedeutete dem Mann, still zu sein, und zeigte mit dem Kopf auf die drei Freunde.

„Ach so, Sie haben Besuch bekommen, das wusste ich nicht. Aber ich will ohnehin gehen. Hier vertue ich nur meine Zeit. Wenn Sie es sich anders überlegen oder eine Lösung finden, rufen Sie mich an. Wir sind an den Grundstücken interessiert, um hier Reihenhäuser zu errichten."

Der Mann drückte ihr eine Visitenkarte in die Hand, nahm einen Hut vom Haken und verließ das Haus. Die drei vom Grusel-Club musterte er dabei, als wären sie von einem anderen Stern.

Jupiter hörte im Flur etwas rascheln und spähte an Frau Krotz vorbei. „Verschwindet, ich habe keine Zeit!", zeterte sie und schob Jup, Nick und Vicky die kleine Treppe, die zu ihrer Haustür führte, wieder hinunter. „Und lasst euch hier nicht mehr blicken! Ihr seid unerwünscht!"

Als die drei wieder auf der Straße standen, stieß Jupiter einen langen Pfiff aus.

„Ich habe einen Mega-Verdacht", meldete er und berichtete, was er gesehen hatte: Der Mops von Frau Krotz hatte mit einer Gummimaske gespielt, und die stellte eindeutig das Gesicht von Herrn Francis dar.

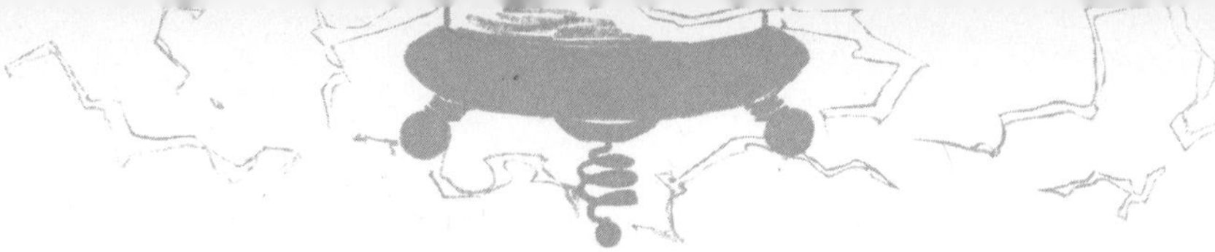

DIE MASKE

Vicky zögerte nicht und klingelte noch einmal. Als nicht sofort geöffnet wurde, hielt sie den Finger einfach auf dem Knopf und ließ die Klingel ununterbrochen läuten.

Im ersten Stock wurde ein Fenster geöffnet und ein Eimer kaltes Wasser geleert. Nur mit einem gewaltigen Satz konnte sich Vicky vor der kalten Dusche retten.

„Ich sagte, ihr sollt verschwinden!", tobte Frau Krotz.

„Sie wollen Herrn Francis wohl aus dem Haus ekeln!", rief ihr Jupiter zu. „Deshalb haben Sie eine Gummimaske seines Gesichts anfertigen lassen und sind damit über den Friedhof geschlichen. Wahrscheinlich haben auch Sie diesen Mann zu Frau Melzer geschickt, der das Gerücht vom echten Dr. Frankenstein aufbringt. Und Sie haben ihn dann auch im Schuppen eingeschlossen. Er steckt mit Ihnen unter einer Decke."

Frau Krotz war starr vor Erstaunen und Überraschung.

„Frechheit!", schimpfte sie nach einer kurzen Pause.

„Das ist die Wahrheit! Sie wollen Herrn Francis fertigmachen. Er ist unschuldig!", rief Nick.

„Brüllt nicht so herum!" Frau Krotz klang diesmal fast flehend. „Was sollen denn die Nachbarn denken?"

„Die können ruhig erfahren, was Sie so treiben!", gab Vicky zurück.

„Ihr … ihr seid verrückt!", kreischte Frau Krotz.

Das Fenster wurde so heftig zugeschoben, dass die Scheibe klirrte.

„Ein Wunder, dass bei dieser Frau nicht mehr Glas zu Bruch geht", knurrte Jupiter.

Die Haustür wurde aufgerissen, und Frau Krotz kam ins Freie gestürzt. Hektisch warf sie ihr langes Haar von einer Seite auf die andere. Ihre stark geschminkten Wimpern klimperten auf und zu.

„Das … das ist alles nicht wahr!", beteuerte sie.

Vicky kniff die Augen prüfend zusammen.

Irgendwie hörte sich Frau Krotz so an, als würde sie wirklich nicht lügen.

Herr Francis' Nachbarin zog die Gummimaske aus der Tasche ihres Kleides und warf sie den drei Freunden zu. Nick fing sie geschickt. „Die … die hat mein Hund gefunden. Sie muss im Garten gelegen haben."

Die Maske fühlte sich eklig an. Das Material war weich und warm wie echte Haut. Außerdem hatte offensichtlich der Mops auf der Maske herumgekaut. An den Rändern konnte man deutlich die Spuren seiner Zähne erkennen.

„Falls ihr rumrennt und mich anschwärzt, dann könnt ihr was erleben!", drohte Frau Krotz.

So schnell, wie sie gekommen war, verschwand sie wieder im Haus und schleuderte mit aller Wucht die Tür zu. Diesmal klirrten alle Fenster gleichzeitig.

Nick hielt die Maske am Schopf hoch.

Vicky schauderte. „Sieht wie ein echter Kopf aus!"

„Kein Wunder, dass wir uns davon haben täuschen lassen."

Jupiter schlug sich mit der flachen Hand auf die Stirn. „Wir hätten schon gestern drauf kommen müssen, dass wir es nicht mit dem echten Herrn Francis zu tun hatten. Zumindest nicht immer."

Nick und Vicky sahen ihn fragend an. „Wieso?“

„Erinnert ihr euch noch, als wir den angeblichen Herrn Francis vom Friedhof bis zu seinem Haus verfolgt haben? Da gab es doch plötzlich diesen komischen hellen Blitz, und ein paar Sekunden später war Francis weg. Wir dachten damals, er sei im Haus verschwunden.“

Seine beiden Freunde nickten verwirrt. Worauf wollte Jup hinaus?

„Versteht ihr denn immer noch nicht? Das Haus hat doch so viele Schlösser! Niemand könnte so schnell hineingelangen! Als Nick und ich das erste Mal dort waren, hat es eine Ewigkeit gedauert, bis Herr Francis die Tür öffnen konnte. Ich glaube deshalb, dass der falsche Herr Francis gar nicht ins Haus gegangen ist, sondern die Flucht ergriffen hat, während wir noch völlig von diesem hellen Blitz geblendet waren.“

WER TUT SO ETWAS?

„Und was hat das zu bedeuten? Was schließen wir daraus?“, fragte Vicky.

Für Jupiter war die Sache klar: „Herr Francis ist unschuldig. Jemand versucht, ihn schlechtzumachen und als echten Dr. Frankenstein erscheinen zu lassen. Und wenn man seine Kunstwerke nur so durch einen Spalt im Fensterladen sieht, könnte man ihn tatsächlich dafür halten.“

„Aber wer sollte so etwas tun?“, fragte Nick.

Vicky deutete auf das Haus von Frau Krotz. „Diese Beißzange zum Beispiel.“

Jupiter wuschelte nachdenklich in seinen Haaren. „Bleibt aber noch dieser Mann mit dem Dreieckstuch vor dem Gesicht. Er hat den Typen mit der Gummimaske verfolgt, und das muss doch einen Grund gehabt haben.“

„Da wir wissen, wo der Mann wohnt, werden wir ihn fragen!“, entschied Vicky.

Dafür blieb aber keine Zeit. Die drei mussten nach Hause, um pünktlich zum Mittagessen zu kommen. Sie wollten unter keinen Umständen noch einmal unangenehm auffallen.

Jupiter hatte ein ungutes Gefühl im Bauch, als er sich Burg Falkenfels näherte. Sein Vater hatte auch am Morgen kein Wort mit ihm gesprochen. Welche Strafe würde er sich wohl für seinen Sohn ausdenken?

Außerdem war da noch etwas: In der Aufregung der vergangenen Nacht war Kox verschwunden. Die Krähe musste irgendwann von Jups Schulter weggeflattert sein. Aber es war ihm nicht aufgefallen, und bis zum Morgen war Kox auch nicht in die Burg zurückgekehrt. Das war ungewöhnlich, und Jup hatte Angst, seinem Haustier könnte etwas zugestoßen sein.

„Irgendwie baue ich zurzeit jede Menge Mist", seufzte er bedrückt.

Professor Katz erwartete seinen Sohn bereits.

„Ich muss mit dir sprechen", sagte er und machte eine einladende Geste in sein Zimmer.

Jupiter folgte ihm und befürchtete das Schlimmste.

„Hör zu, ich halte nichts von Hausarrest oder Küchendienst", begann sein Vater.

Jup wollte schon erleichtert aufatmen.

„Aber ungestraft kommst du diesmal nicht

davon. Du wirst mir helfen, einiges zu ordnen und zu sortieren!" Er deutete auf einen Berg von Zetteln, Zeitschriften und ungeöffneter Post.

Jupiter stöhnte auf. „Aber ... aber das dauert Wochen, bis wir das alles durch haben. Und ... und ich wollte heute eigentlich ..."

Sein Vater winkte ab. „Das hättest du dir früher überlegen müssen."

Mit einem tiefen Seufzer ließ sich Jupiter zurücksinken. Er wusste, dass jeder Widerspruch zwecklos war. Es blieb ihm nichts anderes übrig, als Vicky und Nick anzurufen und ihnen mitzuteilen, dass er am Nachmittag ausfiel.

„Na gut, dann ... dann gehen wir eben morgen ins Hotel ‚Zur schwarzen Katze'", meinte Vicky. „Wir müssen heute Nachmittag sowieso meine Mutter zum Einkaufen begleiten."

Während Jupiter mit seinem Vater Ordnung in das Chaos des Professors zu bringen versuchte, musste er ständig an den Fall denken. Er traute Frau Krotz nicht zu, dahinterzustecken. Zumindest war sie sicher nicht selbst mit der Maske herumgeschlichen. Aber vielleicht hatte sie doch einen Komplizen?

Es war bereits neun Uhr am Abend, als sich bei Jup und seinem Vater der Hunger meldete. Jupiter ging in die Küche und bereitete wie jeden Tag das Essen zu. Er kochte gern und gut.

Ein Klopfen am Fenster ließ ihn aufschrecken. Wer konnte das sein? Das Fenster befand sich ungefähr sieben Meter über dem Boden.

Draußen war stockfinstere Nacht. Doch das Licht der Küchenlampe fiel auf das Fensterbrett, auf dem eine kleine Gestalt aufgeregt hin und her trippelte.

„Kox!“ Jupiter war sehr erleichtert, dass seine Krähe endlich heimgekehrt war. Er öffnete das Fenster, und Kox flatterte herein. Seine Krallen kratzten über den Küchentisch, als er etwas plump landete.

„Wo hast du denn so lange gesteckt?“, wollte Jup wissen, ohne wirklich eine Antwort zu erwarten.

Kox öffnete den Schnabel, und ein harter Gegenstand fiel auf die Tischplatte. Die Krähe krächzte stolz und wippte auf und ab, als wollte sie auf das Ding zeigen, das sie Jup gebracht hatte.

Es handelte sich um ein glänzendes Stück Metall, auf dem die Reste eines Etiketts klebten.

„Was kann das denn sein?“, rätselte Jupiter.

Dann sah er es sich genauer an: Auf dem Etikett konnte man noch den Namen „Leihwagen Tanzer“ und eine Nummer entziffern. Es war der Schlüsselanhänger eines Mietwagens!

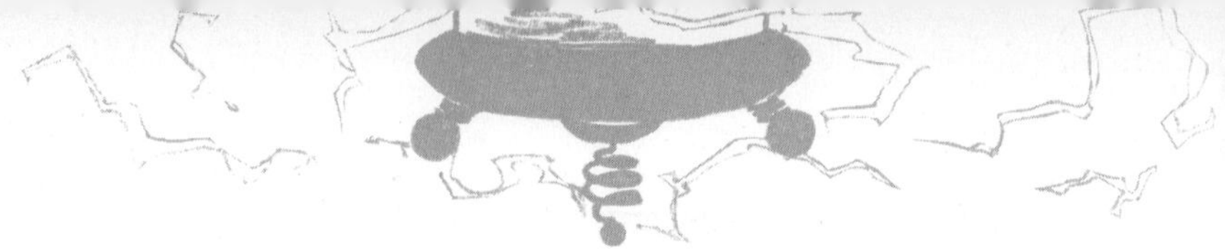

DIE NACHT DES MONSTERS

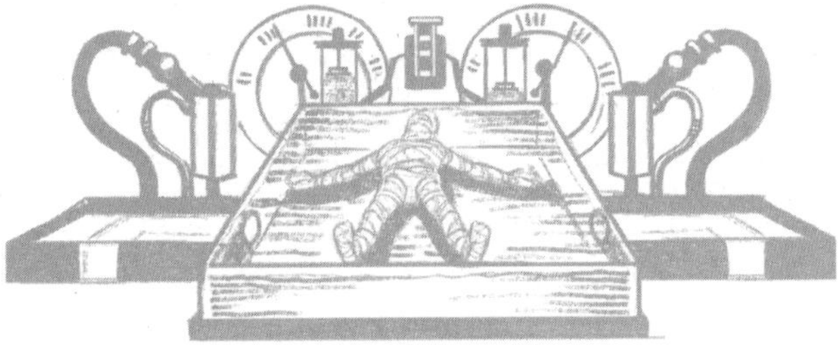

Jup blickte Kox an. „Wo hast du das her?“

Warum die Krähe das Ding mitgenommen hatte, war klar: Es hatte geglänzt, und alles, was glänzte, zog Kox an wie ein Magnet.

„Hast du das am Friedhof gefunden?“, fragte Jup.

In dem Moment betrat Professor Katz die Küche, und Jupiter ließ das Metallblättchen schnell in der Tasche verschwinden. Nach dem Essen – es gab Käsetoast mit Essiggurken und Senf – ordneten Vater und Sohn noch ein bisschen weiter.

„Zeit für dich, ins Bett zu gehen“, stellte der Professor um halb elf fest.

Jupiter gähnte und nickte. Mindestens die Hälfte des Chaosberges war abgetragen.

„Danke“, sagte sein Vater. „Im Ordnung-Machen und Ordnung-Halten bist du mir sehr überlegen.“ Zum ersten Mal seit letzter Nacht lächelte er wieder, was Jup sehr erleichterte.

„Äh … Paps … morgen ist doch die große Halloween-Party in der Stadt. Darf ich hingehen und dir am nächsten Tag dann wieder helfen?“

Der Professor nickte. „Darfst du!“

„Danke, du bist der Beste!“ Jupiter atmete erleichtert auf und fiel ein paar Minuten später ins Bett. In dieser Nacht schlief er tief und fest.

Er würde den Schlaf brauchen …

Nach der Schule rief Jupiter beim Autoverleih an und erkundigte sich, um welchen Wagen es sich handelte und wer ihn ausgeliehen hatte.

„Aha … verstehe … danke!“, hörten ihn Vicky und Nick sagen.

„Und?“ Gespannt sahen sie ihn an.

„Es ist der schwarze VW Käfer, den wir beim Friedhof gesehen haben! Es war nicht das Auto von Herrn Francis! Jemand hat versucht, auf diese Weise den Verdacht auf ihn zu lenken“, berichtete Jupiter. „Wer den Wagen gemietet hat, weiß die Frau leider nicht, mit der ich geredet habe. Sie kennt aber die Adresse: Gustav-von-Grünling-Gasse 17. Der Mieter ist aber nie persönlich gekommen, sondern hat sich den Wagen vor das Haus stellen lassen.“

Vicky schob nachdenklich ihre Brille auf der

Nase auf und ab. „Sehr nett, dass diese Autofirma so auskunftsfreudig war. Aber wie gehen wir weiter vor?"

„Zuerst machen wir einen Sprung zum Hotel ‚Zur schwarzen Katze' und dann in die Gustav-von-Grünling-Gasse", entschied Jup.

Doch beim Hotel erwartete sie eine große Enttäuschung. An der Tür hing ein Schild mit der Aufschrift „Geschlossen".

„Und bis zur Grünling-Gasse ist es jetzt zu weit", seufzte Nick. „Wir müssen zum Mittagessen zu Hause sein."

„Dann gehen wir heute Abend hin", schlug Vicky vor. „Verkleidet. An diesem Abend ist es besonders unauffällig, überall zu klingeln."

Da mussten ihr die Jungen zustimmen.

Keiner von ihnen bemerkte den Mann mit dem Dreieckstuch, der sie von einem Auto aus beobachtete, das auf der anderen Straßenseite parkte.

Der echte Dr. Frankenstein warf einen Blick aus dem Fenster hinaus auf die Straße. Die Dämmerung hatte sich über die Stadt gesenkt, und es war ziemlich kalt geworden. Durch die Gassen schwebten dünne Nebelschwaden.

Heute Nacht war Halloween, die Nacht der Geister und Gespenster. Und er – der echte Dr.

Frankenstein – würde auch einen Beitrag dazu leisten. Er würde eine Gruselgestalt losschicken, die unheimlicher war als alle anderen. Und schon am nächsten Tag würde er eine Macht haben, die alle anderen erblassen ließ.

Als er zum Eingang seines Labors schritt, kam er an einem Zimmer vorbei. Er öffnete die Tür und blickte auf den verschnürten kleinen Mann, dem er ein breites Heftpflaster über den Mund geklebt hatte.

„Schön brav sein, Roland“, ermahnte er ihn. „Du hättest wirklich nicht bei dieser geschwätzigen Frau Melzer ausposaunen müssen, dass du dem echten Dr. Frankenstein auf der Spur bist. Und dich als Gasmann auszugeben war auch dumm. Deine Verkleidung war lächerlich. Und außerdem heize ich mit Strom!“

Er gab wieder sein hohes, irres Lachen von sich. „War gar nicht einfach, den Verdacht auf einen anderen zu lenken. Aber zum Glück gibt es Gummimasken.“

Der echte Dr. Frankenstein hatte den kleinen Mann selbst in den Schuppen von Herrn Francis gebracht. Auch damit hatte er die Aufmerksamkeit seiner Verfolger auf den Kunstlehrer lenken wollen. Zwar hatten die Kinder seinen Gefangenen befreit, aber er hatte den geschwächten Mann leicht wieder einfangen können. In dieser

Nacht würde er endlich durchführen, was er seit so vielen Jahren geplant hatte. Und niemand würde ihn aufhalten.

Ein dickes Kabel führte über eine steile Treppe in den Keller. Es brachte die Energie, die er brauchte, um sein Monster zum Leben zu erwecken.

DIE ENTFÜHRUNG

Es war halb acht und eiskalt, als sich ein Skelett, ein Vampir mit leichenblassem Gesicht und eine Moorleiche, die grünlich schimmerte, vor einer geschlossenen Eisdiele trafen.

„Cool!“, stellte Nick fest, als er Jups Skelettkostüm betrachtete.

„Leider auch saukalt“, ächzte sein Grusel-Club-Kollege.

„Ich habe es besser!“, lachte Nick und schlug seinen Umhang zur Seite. Er war so rund und dick wie nie zuvor und musste mindestens drei Pullis und mehrere Jogginghosen übereinander angezogen haben.

„Wir gehen sofort Richtung Gustav-von-Grünling-Gasse“, schlug Vicky vor. „Ich will unbedingt wissen, wer dort wohnt.“

Nick war einverstanden. Schließlich verdankten sie diesem Mann eine schwere Niederlage.

Mit lautem Geheul stürzten drei Riesen-Fledermäuse hinter einer Hausecke hervor. Die Freunde schrien erschrocken auf, und die verkleideten Kinder bogen sich vor Lachen.

„He, wollen wir gar keine Süßigkeiten sammeln?", fragte Nick.

„Gute Idee!", lobte ihn Vicky ausnahmsweise einmal. Sie klopften an einer Haustür und warteten, bis ihnen jemand öffnete. Eine junge Frau mit Baby auf dem Arm trat heraus, und sie sagten mit schaurigen Stimmen ihren Spruch auf:

„Was Süßes, aber gleich,
sonst gibt's einen Streich!"

Die Frau quiekte vor Vergnügen über ihre Verkleidungen und bat die drei ins Haus, wo sie eine große Schale mit Schokoriegeln bereitstehen hatte.

Jupiter wollte den anderen beiden folgen, als ihm ein Auto auffiel, das in zweiter Spur gehalten hatte. Das Licht im Wagen wurde eingeschaltet, und er sah einen Mann mit einem schwarzen Tuch vor dem Mund.

Erschrocken wollte er die anderen darauf aufmerksam machen, aber da fiel die Tür gerade zu.

Der Mann winkte Jup, näher zu kommen.

Was sollte er jetzt tun?

Das Wagenfenster wurde runtergelassen, und der Mann rief mit rauer Stimme: „Schnell, es geht um Leben und Tod!“

„Was … wieso?“ Jupiter bewegte sich noch immer nicht von der Stelle.

„Weil Dr. Frankenstein heute seinen Plan in die Tat umsetzt. Er ist wahnsinnig! Ich bin mir sicher!“

Erst jetzt ging Jupiter zu dem Auto. Der Mann beugte sich herüber und öffnete die Beifahrertür. „Los, steig ein, ich tu dir nichts. Aber ich wette, du weißt Sachen, die nützlich sein könnten.“

„Nein, ich steige nicht in fremde Wagen“, sagte Jup entschieden. Er hatte sich vorgebeugt, um in das Auto sehen zu können. Doch das hätte er nicht tun sollen. Der Mann schnappte nach seinem Arm und riss ihn unsanft auf den Sitz. Hinter Jup fiel die Wagentür zu, und der Mann trat aufs Gaspedal.

„Lassen Sie mich sofort raus!“, tobte Jup.

„Nein, zuerst will ich alles wissen!“, krächzte der Mann. Das schwarze Tuch rutschte von seinem Gesicht, und Jupiter stieß einen Schrei aus.

Als Nick und Vicky das Haus verließen, sahen sie sich natürlich nach Jupiter um.

„Typisch, dieser Streber pfeift auf die Süßigkeiten und rennt bestimmt schon zur

Grünling-Gasse", sagte Vicky mit vollem Mund. Sie hatte sich einen ganzen Schokoriegel reingeschoben. „Komm, wir gehen auch hin!"

Im Wagen starrte Jupiter noch immer auf das Gesicht seines Entführers. Der Mann hatte keine Nase. Deshalb also hatte er das Tuch umgebunden.

„Glotz nicht so", schnaubte der Mann und richtete sein Tuch wieder. „Es war ein Unfall im Labor, damals, als Franz-Karl Thymann unsere Entwicklung gestohlen hat. Der Mann ist verrückt, doch leider haben das mein Partner Roland und ich zu spät bemerkt. Franz-Karl hat ein Feuer gelegt, in dem wir beide fast umgekommen wären. Seitdem sind Roland und ich hinter Thymann her."

Jupiter schüttelte ungläubig den Kopf. „Ich ... ich verstehe nur Bahnhof."

„Mein Name ist übrigens Harro. Harro Hennings. Oder um ganz genau zu sein: Dr. Harro Hennings. Ich bin Chemiker, spezialisiert auf die Entwicklung von Kunststoffen."

Aufmerksam hörte Jup dem Mann zu. Angst hatte er keine mehr. Harro Hennings schien tatsächlich nicht gefährlich zu sein, und Jup wollte alles erfahren, was der Mann zu erzählen hatte.

„Ich habe beobachtet, wie deine Freundin mir zum Hotel gefolgt ist. Leider habe ich euch dann aus den Augen verloren, aber diese geschwätzige Gemüsehändlerin hat mir gestern erzählt, was sich bei diesem Lehrer abgespielt hat. Da wusste ich, dass ihr Franz-Karl auf der Spur seid und dass er gerade alles daransetzt, mich abzuschütteln. Und dann habe ich euch heute Mittag durch Zufall entdeckt, als ich durch die Stadt gekurvt bin."

„Und wieso bezeichnen Sie diesen Franz-Karl als Dr. Frankenstein?", wollte Jupiter wissen.

Der Mann mit dem Tuch vor dem Gesicht schnaubte. „Das kann ich dir sagen."

Was Jup nun hörte, ließ ihn fast so bleich werden wie den Totenkopf, den er sich ins Gesicht geschminkt hatte.

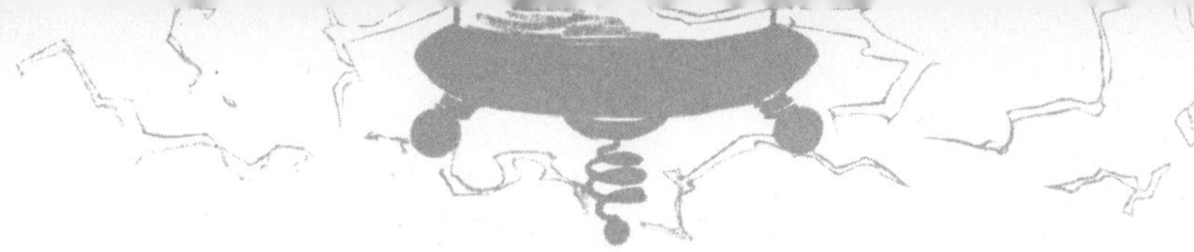

ES BEWEGT SICH

Vicky und Nick hatten die Gustav-von-Grünling-Gasse Nummer 17 erreicht. Dort stand ein unscheinbares Häuschen mit Flachdach und quadratischen Fenstern. Irgendwie erinnerte es an einen Würfel mit eckigen Augen.

Ein Namensschild an der Tür gab es nicht, einen Klingelknopf aber schon.

„Wir läuten und sagen unser Sprüchlein auf“, schlug Vicky vor.

Nick war einverstanden und presste den Daumen auf den ebenfalls eckigen Knopf.

Es dauerte sehr lange, bis sie hinter der Tür Schritte hörten. Die Spannung der beiden wuchs. Immer wieder sahen sie einander an und zuckten fragend die Augenbrauen.

Wer würde ihnen öffnen?

„Übrigens, Jupiter ist nicht hier“, stellte Nick fest.

Vicky drehte sich überrascht um und sah die Gasse auf und ab. „Seltsam“, stellte sie fest.

Die Tür ging auf, und die beiden Mitglieder des Grusel-Clubs erlebten eine Überraschung.

„Herr Tempofsky!“, riefen sie wie aus einem Mund.

Was hatte das nur zu bedeuten? Wieso hatte sich der Friedhofswächter den schwarzen VW gemietet, und warum wollte er den schrecklichen Verdacht auf Herrn Francis lenken?

Herr Tempofsky schien über den unerwarteten Besuch ebenso überrascht zu sein.

Ziemlich schwach und müde sagten Nick und Vicky:

„Was Süßes, aber gleich,
sonst gibt's einen Streich!“

Nick stieß Vicky mit dem Ellbogen in die Seite und deutete mit dem Kinn auf den Hals des Mannes. Vicky verstand zuerst nicht und erkannte erst auf den zweiten Blick, was Nick meinte. Bei dem Gesicht des vermeintlichen Herrn Tempofsky handelte es sich um eine Gummimaske, die sich unten am Hals etwas abgelöst hatte.

„Weg!“, zischte Nick.

Aber es war zu spät. Der Friedhofswächter, der in Wirklichkeit keiner war, hatte sie an den

Armen gepackt und riss sie in sein Haus. Mit dem Fuß stieß er die Tür zu. Vicky und Nick versuchten sich zu wehren, loszureißen und zu entkommen, aber der falsche Herr Tempofsky war stärker. Er zerrte sie auf eine schwere Metalltür zu, die halb offen stand und hinter der eine steile Treppe in den Keller führte.

„Runter!", knurrte er und stieß sie vor sich her.

Er drückte eine Taste an der Wand, worauf sich ein Scherengitter am Ende der Treppe öffnete. Der Mann beförderte die beiden widerstrebenden Kinder in den Keller und schloss das Gitter mit einem weiteren Tastendruck.

Vicky und Nick waren jetzt mit ihm eingeschlossen. Sie rüttelten am Gitter, konnten es aber nicht zur Seite schieben.

Der Mann packte den Rand der Gummimaske und riss sie sich vom Kopf. Darunter kam ein verschwitztes, rosiges Gesicht zum Vorschein, das zu einer wilden Grimasse verzerrt war. Aus den Augen sprühte etwas völlig Wahnsinniges.

Entsetzt machte Vicky ihren Bruder auf das riesige Glasbecken aufmerksam, in dem eine bandagierte schwarze Figur schwebte. Die Flüssigkeit war trüb geworden und sah äußerst unappetitlich aus. Sie roch nach fauligem Meerwasser.

Das dicke Kabel war an den großen Kippschalter mit dem Holzgriff angeschlossen, und Herr Tempofsky trat mit würdevollen Schritten darauf zu.

„Mein Name ist Franz-Karl Thymann und wird in die Geschichte eingehen. Ihr beide seid Zeugen meiner Erfindung, die noch in dieser Nacht die Stadt in Schutt und Asche verwandeln wird. Falls ihr aus diesem Keller entkommen könnt, erzählt allen von meiner Meisterleistung!" Herr Thymann brach in hohes, schrilles Gelächter aus.

„Lassen Sie uns gehen, bitte!", flehte Vicky.

Herr Thymann schien sie nicht zu hören.

„Es ist Zeit! Es ist Zeit für mein Monster zu erwachen!" Mit einem gellenden Schrei drückte er den Hebel hinunter.

Funken sprühten und ergossen sich wie ein leuchtender Wasserfall auf den Boden. Aus dem Schalter zuckten weiße Blitze.

Das Glasbecken aber strahlte wie eine riesige, eckige Glühbirne. Die trübe Flüssigkeit begann zuerst nur ganz leicht, dann immer heftiger zu brodeln und zu kochen.

Nick und Vicky drängten sich an das Gittertor. Herr Thymann kam auf sie zugesprungen und stieß sie unsanft zur Seite. Beide stürzten zu Boden.

Er drückte abermals eine der vielen Tasten, worauf sich das Gitter öffnete.

Schnell schlüpfte er durch den Spalt und betätigte den nächsten Knopf, der das Tor wieder schloss.

„Bleiben Sie hier!", brüllte Vicky.

Aber Herr Thymann lachte nur schrill und hastete, immer zwei Stufen auf einmal nehmend, nach oben davon.

Der Funkenregen hatte aufgehört, und auch das Becken leuchtete nicht mehr.

„Es ... es bewegt sich!", hauchte Nick und stolperte nach hinten, so weit wie möglich weg von dem Riesenaquarium.

ALLES AUS!

Vickys Unterlippe zitterte. Ein Zeichen allerhöchster Anspannung und Aufregung.

Tatsächlich hatte das schwarze Wesen im Glasbecken einen Arm gehoben und nach dem Rand gegriffen. Die Bewegung war steif und eckig, fast wie bei einem Roboter.

„Das ist … ein Roboter!“, hauchte Nick.

Die bandagierte Gestalt legte nun auch die zweite Hand auf den Rand. Mit einem Ruck zog sie sich in die Höhe, sodass die geleeartige Flüssigkeit überschwappte und auf dem Boden matschige Pfützen bildete.

Vicky und Nick hielten vor Angst die Luft an.

Das Wesen schwenkte die Beine in der übrigen Flüssigkeit hin und her, bis es genug Schwung hatte und sich mit einem gewagten Satz aus dem Becken beförderte.

Es gab ein unappetitlich schmatzendes

Geräusch, als seine Füße auf dem Boden aufkamen.

Noch immer waren Nick und Vicky wie erstarrt.

Das Wesen schüttelte sich wie ein nasser Hund. Im schwarz umwickelten Kopf glühten zwei grünblaue Augen auf.

Dann aber kam das Schrecklichste. Das Wesen riss sein Maul auf, und mit einem scharfen *Ratsch* wurden die schwarzen Mullbinden zerfetzt.

Das Maul war riesig, mindestens dreimal größer als vorher der ganze Kopf, und es war voll von stricknadellangen, dünnen Zähnen.

Aus dem Körper des Wesens kam ein Schrei, der das Labor erzittern ließ, so laut und gellend war er.

Es warf die Arme in die Höhe und blähte sich auf, bis auch die restlichen Umwicklungen rissen und nach allen Seiten geschleudert wurden.

Nick und Vicky starrten stumm auf die Gestalt neben dem Becken. Sie schien aus einer durchscheinenden Masse zu bestehen, die an Gelee erinnerte. Doch sie bewegte sich, als wäre sie lebendig.

Mit klatschenden, wankenden Schritten setzte sich das Wesen in Bewegung. Es schlug mit der Faust gegen das Becken, das sofort in tausend Splitter zersprang. Der nächste Schlag traf die Schalttafel, an der sich der Kippschalter befand. Mit einem grellen Blitz verschmorten die Leitungen.

Der Kopf des Wesens verformte sich ständig. Riesige Augen poppten vor, und aus dem Maul kam eine gierig leckende Zunge, die nach Futter zu suchen schien.

„Vicky! Nick!", hörten die beiden Jupiters Stimme hinter ihnen.

„Lass uns raus!", flehte Vicky leise zwischen den Zähnen. Sie wagte kein lautes Wort, aus Angst, das Wesen könnte sie entdecken.

„Aber wie?" Jup rüttelte an dem Gitter. Hinter ihm war Dr. Hennings aufgetaucht, der ebenfalls versuchte, das Scherengitter aufzudrücken. Aber ohne Erfolg.

„Es gibt einen Schalter ... dort an der Wand!", raunte Nick Jupiter zu.

„Da sind mehrere!", flüsterte Jup zurück. Wenn er den Arm durch das Gitter streckte, konnte er die Schalter erreichen. Aber würde er schnell genug den richtigen finden?

Das Wesen brüllte erneut. Diesmal gingen Nick und Vicky die Nerven durch und sie schrien aus Leibeskräften.

Sofort hatte das Wabbelwesen sie entdeckt. Seine Augen fuhren an dünnen Stielen aus dem

Kopf und blieben nur wenige Zentimeter vor den beiden stehen. Neugierig wurden sie gemustert.

Eine gespaltene Zunge sauste aus dem Maul und leckte prüfend über Nicks Beine, der sich durch einen Sprung zur Seite in Sicherheit zu bringen versuchte.

Das Wesen öffnete das Maul erneut, das jetzt so riesig wurde, dass es die beiden Mitglieder des Grusel-Clubs mit einem Happs verschlingen konnte. Mit schmatzenden Schritten wankte es auf die beiden zu.

Klirrend fuhr das Gittertor zur Seite. Jupiter hatte endlich den richtigen Schalter gefunden.

„Raus hier!", schrie er. Als sich seine Freunde nicht bewegten, stürzte er zu ihnen, packte sie an den Armen und riss sie hinter sich her.

Wütend brüllte das Wesen und nahm die Verfolgung auf. Schon spürte Vicky die schleimigen Finger in ihrem Nacken.

Dr. Hennings hielt etwas in der Hand, das wie ein Feuerlöscher aussah.

„Tun Sie etwas!", tobte Jup.

Dr. Hennings reagierte nicht.

„Hilfe!", keuchte Nick.

Dr. Hennings reagierte noch immer nicht.

Das Wesen hatte Vicky an der Jacke gepackt. Geistesgegenwärtig reagierte sie und schlüpfte einfach heraus, sodass nur der leere Stoff in den Monsterhänden blieb.

Die drei Freunde hatten die Treppe erreicht, auf der Dr. Hennings wie angewurzelt stand. Sie drängten sich an ihm vorbei, doch das Wesen blieb ihnen dicht auf den Fersen.

Da stolperte Jupiter und riss seine Freunde mit sich zu Boden.

Jetzt ist alles aus!, war sein letzter Gedanke.

Über ihm und hinter ihm ertönte ein heftiges Zischen. Er spürte, wie etwas Kaltes auf sie niederrieselte. Bestimmt kam es von dem Wesen.

Aus.

Stille.

Sekunden vergingen ohne ein einziges Geräusch. Erst dann kam ein schüchternes Ploppen und Zischen von der kaputten Schalterwand.

Vorsichtig drehte sich Jup um.

Das Wesen war noch immer da. Es war auch noch immer durchscheinend. Doch es war starr. Es erinnerte an ein Monster aus Wasser, das plötzlich zu Eis gefroren war.

Dr. Hennings hielt den „Feuerlöscher“ wie ein Baby an sich gepresst und atmete schwer.

„Was … was war das?“, fragte Vicky mit zitternder Stimme.

„Kunststoff! Eine neue Art von Kunststoff,

die sozusagen denken kann!“, erklärte Jup. Er hatte diese Information von Dr. Hennings, der ihm alles im Auto erzählt hatte.

„Kunststoff?“ Nick konnte das nicht glauben.

„Er wurde entwickelt, um Tätigkeiten zu übernehmen, die heute nur sehr schwerfällig von Robotern erledigt werden können. Doch der Kunststoff wurde aus dem Labor der Entwickler gestohlen und missbraucht, um dieses Ungeheuer zu bauen. Es hätte noch heute Nacht die Stadt in Trümmer legen können.“

„Tut mir leid, dass ich so regungslos dastand. Aber das Wesen musste ganz nahe an mich herankommen, damit ich es mit dem Härtungsmittel unschädlich machen konnte“, erklärte Dr. Hennings.

„Und was ist aus diesem Franz-Karl Thymann geworden?“, wollte Nick wissen. „Dem echten Dr. Frankenstein?“

Jupiter deutete nach oben. „Liegt gut verschnürt im Vorzimmer.“ Er und Dr. Hennings hatten ihn überwältigen können, als er aus der Haustür gestürmt war.

Dr. Hennings nickte den dreien anerkennend zu. „Nicht schlecht, euer Grusel-Club.“

„Sagen Sie das doch bitte auch unseren Eltern. Die sind nämlich manchmal anderer Meinung“, antwortete Jupiter.

Langsam und völlig erschöpft gingen sie nach oben. In einem der Zimmer entdeckten sie den kleinen Mann aus der Holzhütte, der sich als Dr. Hennings Kollege Roland herausstellte. Sofort befreiten sie ihn von seinen Fesseln und riefen dann die Polizei.

„Aber was hier wirklich geschehen ist, muss unter uns bleiben!", verlangte Dr. Hennings. „Wir werden behaupten, dass Herr Thymann diese Statue gestohlen hat" – er zeigte auf das erstarrte Wesen – „und wir sie hier sicherstellen konnten. Und dass er verbotene Experimente durchgeführt hat."

Jup, Nick und Vicky nickten.

„Wird sich das Wesen bestimmt nie wieder bewegen?", fragte Nick.

Diesmal nickte der Chemiker.

Und er sollte auch recht behalten. Allerdings hatte er etwas übersehen: einen kleinen Klumpen des Kunststoffes, der abgesprungen und in eine Ecke gerollt war. Er war nicht von dem Härtungsmittel getroffen worden.

Kaum hatten der Grusel-Club und Dr. Hennings das zerstörte Labor verlassen, begann sich der Klumpen ganz langsam zu verformen …

WAS GESCHAH IM SCHLOSS DES SCHRECKENS?

Das Schloss des Schreckens

Keuchend erreichten die drei Mitglieder des Grusel-Clubs die Kuppe des Hügels. Um einen Augenblick zu verschnaufen, blieben sie stehen und blickten hinunter auf das mächtige Schloss. Umgeben von hohen dunklen Tannen, lag es am Rande eines schwarzen Teiches. Irgendwie erinnerte es an ein plumpes, stacheliges Tier.

Vicky kratzte sich mit dem Bleistift, den sie immer hinter dem Ohr stecken hatte, am Kopf und fragte die Jungen: „Was soll an dieser Bude so schrecklich sein? Versteht ihr, wieso das Ding ‚Schloss des Schreckens' genannt wird?"

Nick zuckte die Schultern. „Nö, keine Ahnung. Aber irgendwie sieht es wie ein Labyrinth aus. Vielleicht haben sich viele Leute darin verlaufen und mussten elend verhungern."

„Quatsch!", fuhr Jupiter dazwischen. „Obwohl das mit dem Labyrinth stimmt. Ich habe noch nie ein Schloss mit so vielen Türmen, Türmchen und Gebäudeteilen gesehen. Wer auch immer es erbaut hat, muss ein paar Schrauben locker gehabt haben."

Ein heftiger Windstoß fegte den dreien ins Gesicht, und Nick hielt schnell seine Kappe fest, damit sie ihm nicht vom Kopf geweht wurde.

Aus dem Tal kam ein Geräusch, das allen dreien eine Gänsehaut über Arme und Rücken jagte. Es klang wie ein vielstimmiges Wehklagen, Ächzen, Stöhnen und Jammern. Erschrocken sahen die Freunde einander an.

„Was … was sollen wir denn davon halten?", rief Nick durch den Wind. Sein Hals war wie abgeschnürt.

„Das … also diese Geräusche entstehen bestimmt, wenn der Wind an den Türmchen vorbei und um die vielen Hausecken weht", meinte Jupiter. Ganz sicher war er sich allerdings nicht. Er hoffte aber, dass seine Erklärung zutraf.

Jup, Nick und Vicky konnten den Blick nicht von dem geheimnisvollen Schloss abwenden. Nick zählte 69 Türme, von denen einige dünn wie Fabrikschlote waren, andere mächtig und breit wie Hochhäuser.

Die Anordnung der einzelnen Gebäudeteile erinnerte Vicky an viele Schachteln in verschiedenen Größen, die jemand nach und nach aneinandergeklebt hatte. Vor manchen der Gebäude standen hohe Säulen, andere hatten überdachte Vorbauten.

Jupiter musterte die Dächer mit zusammengekniffenen Augen. Viele waren pechschwarz, andere blutrot. Auf einigen waren die Dachschindeln so verlegt worden, dass sie riesige Symbole bildeten, die wie Augen aussahen. Aber auch gläserne Pyramiden entdeckte er.

„Gehen wir weiter?“, wollte Nick von den anderen beiden wissen.

Vicky schüttelte theatralisch den Kopf. „Nein, wir schlagen hier Wurzeln und werden Bäume.“ Spöttisch fügte sie hinzu: „Kleine Brüder können wirklich die dämlichsten Fragen stellen.“

Nick bohrte grummelnd die Hände in die Taschen seiner Kapuzenjacke und war beleidigt.

„Auf jetzt, wir werden schließlich erwartet“, erinnerte Jupiter seine Cousine und seinen Cousin. Er schulterte den Rucksack und begann mit dem Abstieg.

Der Park rund um das Schloss war früher einmal von einer Mauer umgeben gewesen, von der aber nur noch Teile übrig waren. Wo sie aus dem hohen, verwilderten Gras ragten, erinnerten sie an die verbogenen Zacken einer Krone.

Das hohe schmiedeeiserne Tor, das früher die Zufahrt abgesperrt hatte, war aus den Angeln gerissen worden. Schief hingen die beiden Flügel zu beiden Seiten hinab. An ihrer Oberkante waren noch immer lange, spitze Dornen erkennbar.

Jup zeigte darauf und stieß einen Pfiff aus. „Stellt euch mal vor, ihr klettert über das Tor und spießt euch auf einem dieser Stachel auf."

„Danke, ich kann mir schönere Dinge vorstellen", wehrte Vicky ab.

Links und rechts vom Tor kauerten zwei grimmige Wesen auf Steinsockeln, wie sie keiner der drei jemals zuvor gesehen hatte. Sie hatten den Körper von Löwen, den Schwanz von Krokodilen, die Klauen von Greifvögeln und die gebogenen Hörner von Widdern. Mit leeren, toten Augen glotzten sie den Grusel-Club von oben an.

Nick schauderte. „Los, weiter!", drängte er und lief voran. Jupiter folgte ihm, doch Vicky blieb zurück. Auf einmal stieß sie einen schrillen Schrei aus.

EIN SCHRECKLICHES BILD

Die Jungen drehten sich zu ihr und sahen sie stocksteif mitten auf dem Weg stehen. Vicky hatte die Schultern hochgezogen und blickte ängstlich nach links und rechts.

Was war geschehen?

Ganz langsam drehte sie sich nach hinten und hob ängstlich, fast ehrfürchtig den Kopf zu den steinernen Wächtern empor.

„Einer von denen hat …“, begann sie, sprach dann aber nicht weiter.

Neugierig waren Jup und Nick zu ihr zurückgekommen und sahen sie fragend an. „Was hat einer der beiden?“, hakte Jup nach.

„… mich berührt!“, sagte Vicky schnell. Die Antwort erschien ihr selbst reichlich verrückt. „Mit einer eiskalten Pfote“, fügte sie zögernd hinzu.

Nick tippte sich mit dem Finger an die Stirn.

„Wer von uns beiden spinnt hier, Schwesterchen?“, fragte er spöttisch.

Jupiter grinste ebenfalls breit. „Äh, Vicky, die beiden Jungs sind aus Stein. Die können dich nicht berühren.“

„Ihr habt ja keine Ahnung“, brauste Vicky auf, die es hasste, sich zu irren oder dumm dazustehen. Sie schob Jup und Nick zur Seite, riss an den Trageriemen ihres Rucksacks und marschierte mit strammen Schritten auf das Tor des Schlosses zu. Kopfschüttelnd folgten ihr die Jungen.

Das Tor war aus dunkelbraunem Holz und mit einer großen Schar geschnitzter Figuren versehen. Es handelte sich um ähnliche Wesen wie die steinernen Wächter am Eingang. Doch hier streckten alle Figuren die Krallen abwehrend nach vorn. Ihre Gesichter hatten etwas Warnendes, als wollten sie ohne Worte sagen: „Bleibt fort!“

Die riesigen Torflügel reichten bis zum zweiten Stock des Schlosses. Keiner der drei konnte sich vorstellen, dass sie irgendwie zu öffnen waren. Als sie ganz nahe an das Tor herankamen, entdeckten sie in dem Holz aber eine kleinere Tür, die eine Handbreit offen stand. Jupiter drückte sie mit der Schuhspitze weiter auf und blickte mit vorsichtiger Neugier in den Raum, der dahinter lag.

„Nicht schlecht", hörten ihn die anderen murmeln. Jup betrat eine Halle von unvorstellbarer Größe. Sie war mindestens drei Stockwerke hoch und wurde von einer mächtigen Kuppel überspannt. Links und rechts waren mehrere Zugänge zu sehen. Wohin sie führten, war aber nicht zu erkennen. Der Eingangstür genau gegenüber lag eine breite Treppe aus schwarzem Holz. Auf dem ersten Absatz teilte sie sich in drei Teile, von denen einer mit einer großen, geschwungenen Biegung nach links, einer nach rechts und einer spiralförmig nach oben führte.

Das spärliche Licht, das die Halle schwach erhellte, fiel durch hohe Fenster aus buntem Glas, die an Kirchenfenster erinnerten. Viele der kleinen Scheiben waren zerbrochen oder herausgefallen, der Rest war von einer dicken Schmutzschicht überzogen.

Nick deutete auf die Wand zu seiner Rechten, wo ein gewaltiges Ölgemälde in einem protzigen, vergoldeten Rahmen hing. Die drei vom Grusel-Club betrachteten es stumm.

Darauf war ein edel gekleideter Mann zu sehen, der erschrocken vor jemandem zurückzuweichen schien. Eine Hand hatte er Halt suchend nach hinten gestreckt, die andere an den Hals gelegt, als spürte er dort ein schreckliches Würgen. Das Entsetzen stand ihm ins Gesicht geschrieben, aber wovor er erschrak, konnte man nicht erkennen.

Da er nicht länger auf das unheimliche Bild starren wollte, drehte sich Jupiter weg, räusperte sich und rief: „Hallo, ist jemand zu Hause?"

Seine Stimme hallte, als befände er sich in einer riesigen Höhle. Es antwortete ihm aber nur sein eigenes Echo.

„Vom Bahnhof hat uns keiner abgeholt, und hier scheint auch niemand zu sein. Findet ihr das nicht merkwürdig?", fragte Nick.

„Die Lesters wissen aber, dass wir kommen. Mein Vater hat ihnen doch eine E-Mail geschickt", murmelte Jupiter nachdenklich vor sich hin.

Nick schluckte und sagte: „Vielleicht ... haben böse Mächte ... die Mail abgehalten."

Vicky lachte auf, sah sich um und verschränkte dann die Arme vor der Brust. „Böse Mächte waren es wohl kaum. Allerdings ist mir ziemlich schleierhaft, wie in dem Schloss eine E-Mail ankommen soll. Es scheint hier ja gar keinen Strom zu geben. Ich kann weder Steckdosen noch Lichtschalter sehen."

EINGESCHLOSSEN

Mit einem ohrenbetäubenden Knall, der durch das ganze Schloss zu hallen schien, fiel die Holztür hinter dem Grusel-Club zu. Erschrocken sprangen die drei herum.

„Spukt es hier?“, fragte Nick leise.

Wieder rollte Vicky mit den Augen. „So ängstlich können auch nur Jungen sein! In dieser alten Bude zieht es ganz einfach. Das kommt auch bei uns daheim vor, und dort spukt es bestimmt nicht.“

Zerknirscht ließ Nick die Schultern sinken. Er konnte es nicht ausstehen, von Vicky wie ein Baby behandelt zu werden.

Gleich darauf erschrak aber auch Vicky. Es wurde nämlich mit drei langen, schweren Schlägen von außen an die Tür geklopft. Fragend sah sie Jup und Nick an. „Sollen wir ... öffnen?“

Nick verschränkte die Arme vor der Brust

und knurrte: „Du weißt doch immer alles am besten. Mach einfach, wie du denkst."

Wieder wurde an die Tür geklopft. Die Schläge dröhnten durch die Halle und hörten sich an, als würde jemand zum Anklopfen einen schweren Hammer verwenden.

Nun blieben auch die Jungen nicht mehr cool.

„Ich … ich will hier sofort wieder raus!", gestand Nick leise.

„Durch die Tür?" Jup deutete mit dem Kopf zu der riesigen Eingangstür, vor der irgendein Unbekannter stand und ihnen den Weg verstellte.

„Los, es muss einen Hinterausgang geben", sagte Vicky mit belegter Stimme. „Den müssen wir finden."

Von draußen kam eine tiefe, dröhnende Stimme, die an eine Gerölllawine erinnerte. „Aufmachen! Sofort aufmachen!", forderte sie.

Ängstlich wichen die drei vom Grusel-Club zurück. Wo waren sie nur hingeraten? Sie hatten die Geschichten, die über dieses Schloss erzählt wurden, nicht ernst genommen. Dafür hätten sie sich in diesem Augenblick allerdings ohrfeigen können.

An der Tür wurde nun heftig gekratzt. Es war aber ganz bestimmt nicht das Kratzen einer Hundepfote. Vielmehr klang es nach einer mächtigen Pranke mit messerlangen, scharfen Krallen.

Jup, Nick und Vicky ruderten mit den Armen und versuchten, das Gleichgewicht zu halten, um nicht zu stürzen. Sie waren rücklings gegen die unterste Stufe der Treppe am Ende der Halle gestoßen und beinahe gestürzt.

Nick stieß einen Schrei aus und schlug die Hand vor den Mund. Mit zitterndem Finger zeigte er auf den Boden, wo er eine rote Pfütze entdeckt hatte.

Jupiter und Vicky schluckten gleichzeitig heftig. „Das ist … Blut!", murmelte Vicky.

„Reinlassen!", forderte die Donnerstimme. Wieder wurde gekratzt und geklopft, und schließlich warf sich ein schwerer Körper gegen die Tür.

„W… w… was ist das?" Nick konnte nur noch flüstern. Jup und Vicky antworteten ihm aber nicht, weil sie erstens keine Antwort wussten und zweitens selbst starr vor Schreck und Angst waren.

Aus einem der Gänge, die von der Halle wegführten, kamen Schritte. Langsame, schleifende, schwere Schritte. Jemand kicherte hoch und schadenfroh. „Haben sich wieder welche zu uns verlaufen?"

Kurz darauf waren auch aus dem Gang auf

der anderen Seite der Halle Schritte zu hören. Angestrengt starrten die drei Freunde in die schwarze Dunkelheit, konnten aber nichts erkennen.

„Scheinen unsere Glückstage zu sein", antwortete eine zweite, ebenfalls hohe und sehr bösartig klingende Stimme. „Erst diese Familie, dann drei weitere Opfer. So viele hatten wir schon lange nicht mehr."

Aus den anderen Gängen hörten die Freunde, wie sich weitere Wesen näherten. Einige schmatzten, andere grunzten gierig. „Her mit ihnen!", verlangten sie immer wieder. „Sie dürfen nicht entkommen!"

Hektisch sahen sich die drei Mitglieder des Grusel-Clubs nach einem Fluchtweg um. Hinter der Treppe schien es auch noch Gänge zu geben, doch sie konnten nicht sicher sein, ob dort nicht auch jemand lauerte.

„Wir müssen nach oben, keine andere Chance!", rief Jupiter aufgeregt. Im nächsten Augenblick rannte er auch schon los und nahm immer zwei Stufen auf einmal. Am ersten Treppenabsatz blieb er stehen und wartete, bis Vicky und Nick ihn eingeholt hatten. Ratlos sahen sie sich jetzt um. Welche der drei Treppen sollten sie nehmen?

BÖSE ÜBERRASCHUNGEN

„Jeder nimmt eine andere Treppe. Das ist das Beste!", rief Jupiter seinen Freunden zu.

Nick und Vicky hatten da ihre Zweifel.

Da die Schritte immer lauter wurden und immer näher kamen, zögerte Jup nicht länger und begann, die Wendeltreppe in der Mitte nach oben zu laufen. Unter sich hörte er Nick und Vicky diskutieren.

„Du … du kannst mich gern feige nennen, aber ich gehe nicht allein!", sagte Nick. „Ich komme mit dir."

„Finde ich auch besser!", stimmte Vicky ihm zu, die sich selten zuvor so sehr gefürchtet hatte wie jetzt. Welche Treppe die beiden nahmen, konnte Jupiter aber nicht feststellen. Als er sich über das Geländer beugte und einen Blick in die Tiefe warf, waren die beiden nicht mehr zu sehen.

„Und ich habe die Geschichte von diesem Schloss des Schreckens für einen Witz gehalten“, schimpfte Jup leise vor sich hin.

Vor drei Tagen hatte sein Vater, Professor Erasmus Katz, einen Anruf von Frau Lester erhalten. Sie und ihr Mann hatten Schloss Westfinster sehr günstig bei einer Auktion ersteigert. Erst später hatten sie erfahren, dass das Bauwerk in der ganzen Umgebung von allen nur „Schloss des Schreckens“ genannt wurde. Niemand betrat es, niemand kam auch nur in die Nähe. Die Lesters hatten die Spukgeschichten, die erzählt wurden, zuerst nur für Märchen gehalten. Dann aber hatten sie selbst einige unheimliche Erfahrungen gemacht.

Da sie das Schloss unbedingt in ein Hotel umbauen wollten, hatten sie Professor Katz um Hilfe gebeten. Jupiters Vater, der sich von Beruf mit rätselhaften und übernatürlichen Phänomenen beschäftigte, musste aber noch am selben Tag zu einer Tagung nach England reisen und konnte sich daher um die Ereignisse in Schloss Westfinster nicht kümmern. Jupiter hatte es geschafft, seinen Vater zu überreden, den Grusel-Club die Sache untersuchen zu lassen.

Herr und Frau Lester waren einverstanden gewesen. Sie hatten zugesagt, die drei Freunde am Bahnhof abzuholen, waren aber dort nie erschienen. *Wieso nicht?*, fragte Jup sich jetzt. Was war mit ihnen geschehen? Auf der Bahnfahrt hatte sich der Grusel-Club noch über die Ängstlichkeit der Lesters lustig gemacht. Alle drei wussten, dass viele Leute schon beim Heulen des Windes an das Gejammer von Geistern dachten.

Jetzt aber war ihnen das Lachen gründlich vergangen.

Außer Atem erreichte Jup nach einem langen Aufstieg das Ende der Wendeltreppe, die bedeutend länger war, als sie von unten ausgesehen hatte.

Er befand sich in einem Korridor, von dem mehrere Türen abgingen. Zu einigen führten ein paar Stufen hinauf, andere lagen etwas abgesenkt.

Erhellt wurde der Gang nur von oben. An mehreren Stellen war die Decke durchbrochen und mit einem pyramidenförmigen Aufsatz aus dickem, verschmutztem Glas versehen, durch das ein bisschen Tageslicht fiel.

Am Ende des Korridors entdeckte Jupiter eine kreisrunde Galerie mit einer Unzahl von Türen in der Wand. Vorsichtig beugte er sich über die steinerne Balustrade und warf einen Blick in die Tiefe. Obwohl auch hier von oben Licht durch eine Glaskuppel fiel, konnte er unter sich keinen

Boden entdecken. Wo er andere Stockwerke vermutete, war nichts. Nur Dunkelheit. Er sah in einen gähnenden Abgrund, der kein Ende nahm. An der Wand hatte sich früher einmal eine Treppe befunden, die aber entfernt worden war.

Jup sah sich nach einem Gegenstand um, den er hinunterwerfen konnte. Er fand ein Stück Verputz, das aus der Mauer gebrochen war, nahm es und trat damit an die hüfthohe Balustrade. Mit einer Hand stützte er sich auf der steinernen Fläche ab, die von vielen bauchigen Säulen getragen wurde. Er beugte sich ein wenig vor, streckte den Arm nach vorn und wollte gerade die Finger öffnen und das bröselige Mauerwerk fallen lassen, als die Balustrade unter ihm nachgab und einbrach.

Jupiter stürzte nach vorn. Die mächtige Steinplatte knickte ab, als wäre sie aus dünnem Holz, und die Säulen stürzten nacheinander in die unendliche Tiefe wie Dominosteine. Jups Schreckensschrei hallte durch das Schloss und verlor sich in den verzweigten Gängen.

Nick hörte ihn nur ganz leise, fast wie ein Flüstern. Er fasste seine Schwester am Arm und hielt sie fest.

„Da… das war Jup!“, flüsterte er.

Vicky schüttelte ihn ab wie eine lästige Fliege und hielt die Luft an. Als Nick weiterreden wollte, presste sie ihm die Hand auf den Mund. „Pssst!“, zischte sie. Die beiden lauschten in die Stille, die sie umgab, konnten aber nichts mehr hören.

Nick befreite sich aus Vickys Griff und versicherte ihr: „Das ... das war Jupiter, ich schwöre es dir. Ihm ist etwas zugestoßen.“

„Wir ... wir müssen zu ihm!“, entschied Vicky. Sie und Nick waren über die Treppe in ein Labyrinth von Gängen und Zimmern geraten, in dem sie suchend umherrannten. Keiner der beiden wollte es zugeben, doch sie schienen sich verirrt zu haben.

Die Räume waren alle ziemlich verdreckt. Auf dem Boden lag Mauerwerk und Staub, die Fenster waren zum Teil eingeworfen und zerbrochen. Immer wieder wehte ihnen ein kühler Lufthauch entgegen.

„Wie ... wie finden wir nur Jup?“, fragte sich Vicky.

„Zuerst müssen wir zurück zur Treppe, dann runter und die Wendeltreppe hoch!“, sagte Nick. Als Vicky ansetzte, etwas zu sagen, deutete er auf die Fußspuren im Staub. „Wir folgen unseren eigenen Spuren. Dann kann nichts schiefgehen.“

Ausnahmsweise musste Vicky ihrem Bruder einmal recht geben. Als sie die verschiedenen Räume und Gänge noch einmal durchquerten, fiel ihr etwas auf. Der frühere Besitzer des Schlosses schien eine Vorliebe für schwarze Holztäfelungen und Schnitzereien gehabt zu haben. Dafür gab es aber nur wenige Möbel in dem Teil des Schlosses, in dem sich Vicky und Nick befanden. Wirklich eigenartig empfand Vicky jedoch etwas ganz anderes: Es gab auffällig viele Türen ohne Klinke und Knauf.

GEHEIMNISVOLLE TÜREN

Noch immer rieselte grauer Staub von der zerbrochenen Balustrade in die dunkle Tiefe. Es waren mehrere Sekunden vergangen, bis der Aufschlag der Steintrümmer zu hören gewesen war.

Hustend, keuchend und am ganzen Körper zitternd, hing Jupiter am Rande dieses künstlich erbauten Abgrundes. Instinktiv war er mit dem Oberkörper in die Höhe geschossen, als die Balustrade eingestürzt war. Auf diese Weise hatte er es verhindern können, kopfüber abzustürzen. Er lag nun zwischen den übrigen Trümmern des Geländers und ragte mit Brust und Armen über die schroffe Kante, die aussah, als hätte jemand mit riesiger Klauenhand den Boden einfach weggerissen.

Vorsichtig schob sich Jup Stück für Stück zurück. Er wusste, dass nur eine falsche Bewegung seinen Absturz bedeuten konnte. So fest er konnte, presste er die Beine auf den Boden.

Das Licht in der Kuppelhalle wurde schwächer und düsterer. Jupiter vermutete, dass sich Wolken vor die Sonne geschoben hatten. Noch immer ragte ein viel zu großer Teil seines Körpers über den Abgrund. Noch immer bestand die Gefahr, das Gleichgewicht zu verlieren.

Das Schwarz der Tiefe schien Jupiter anzuziehen wie ein Magnet. Er konnte den Blick nicht abwenden. Je länger er starrte, desto mehr glaubte er zu erkennen. Die Finsternis teilte sich wie schwarze Wolken, und eine grässliche, zerlumpte Gestalt mit einem verzweifelten Gesicht wurde sichtbar. Sie streckte ihre Knochenhände nach ihm aus.

„Nein!“, keuchte Jup. „Nicht!“

Von unten wehte ihm ein eisiger Windstoß ins Gesicht. Schon griffen die Knochenhände nach ihm und versuchten, ihn in die Tiefe zu zerren. Jupiter strampelte verzweifelt mit den Beinen und merkte, wie er zu rutschen begann. Lange würde er sich nicht mehr halten und den Absturz verhindern können. In diesem Moment spürte er, wie ihn jemand am Gürtel packte.

Nicks Idee, den eigenen Fußspuren zu folgen, erwies sich als Fehlschlag. Vicky und er mussten nämlich feststellen, dass sie schon vorher mehrmals im Kreis gegangen waren und jetzt dieselben Irrwege noch einmal abliefen.

„Hat Jup noch einmal geschrien?“, wollte Vicky wissen.

„Nichts gehört“, lautete Nicks kurze Antwort. Er hatte den Kopf zwischen die Schultern gezogen und sah sich ständig nach allen Seiten um. Er wollte keinen versteckten Angreifer und keine ungewollte Überraschung übersehen.

Immer ratloser suchten sie den Weg zurück zur Treppe. Schließlich nahm Vicky allen Mut zusammen, trat an eine der Türen und drückte die Klinke nieder.

Ihr Erstaunen war groß, als sie dahinter auf eine Mauer stieß. Verwundert schnitt sie eine Grimasse und probierte dann noch andere Türen. Sie stieß auf weitere Mauern oder kleine Treppenauf- und -abgänge, die aber alle blind endeten.

„Was soll das?“, murmelte sie.

Nick hatte eine Idee. Er nahm sich eine der Türen ohne Klinke und Knauf vor und klopfte sie mit der Hand ab. Es klang hohl. Dahinter schien sich also tatsächlich ein Raum zu befinden. Aber wie war die Tür zu öffnen?

Er machte einen Schritt zurück und betrachtete prüfend den dicken, verschnörkelten

Türrahmen. Gab es vielleicht einen geheimen Mechanismus?

Eine Schnitzerei, die wie ein aufgebrochenes Ei aussah, aus dem ein Drachenkopf ragte, wirkte abgegriffen. Nick legte vorsichtig seine Hand darauf und begann zu ziehen. Das hölzerne Drachenei machte einen heftigen Ruck und ließ sich bewegen. Die Tür aber rührte sich nicht. Weil er nicht sofort aufgeben wollte, zog Nick fester. Gerade noch rechtzeitig spürte er, wie die Steinplatten unter seinen Füßen zu kippen begannen. Er sprang zur Seite und hörte eine Zeit lang nur sein Herz hämmern und das Blut in seinen Ohren rauschen.

Vor der Tür hatte sich eine Falltür geöffnet. Als er von der Seite das Drachenei an seinen alten Platz zurückdrückte, schloss sich die Falltür wieder.

Vicky, die alles beobachtet hatte, atmete tief durch. „Keine Solo-Touren!“, sagte sie. „Das kann hier lebensgefährlich sein.“

Nick versprach es. Gemeinsam gingen sie weiter, noch immer auf der Suche nach der Treppe. In einem sechseckigen Raum, in dem sie vorher bestimmt noch nie gewesen waren, blieben sie überrascht stehen.

„Hier hat jemand gefegt, vor gar nicht langer Zeit“, stellte Vicky fest.

Der Holzboden war sauber und von Staub und Schutt befreit. Nick ging in die Hocke und untersuchte die Bretter genauer. Prüfend ließ er die Hand über die Oberfläche gleiten.

„Spuren … alte Spuren“, meldete er. „Es müssen viele Leute genau …“, er sah sich suchend um und deutete schließlich auf eine schwarze Holztür, „… durch diese Tür gegangen sein. Der Weg dorthin ist richtig ausgetreten.“

Die Tür lief nach oben spitz zu, und der Türrahmen erinnerte an den Eingang einer Höhle. Aus seinen kunstvoll geschnitzten Rillen und Ritzen glotzten wilde Tierchen: zweiköpfige Eidechsen, Schlangen mit Köpfen an beiden Enden, Kugelfische mit spitzen Zähnen und andere schaurige Geschöpfe.

„Der Raum dahinter ist oft und von vielen Leuten betreten worden“, überlegte Vicky laut.

Nick machte sie auf zwei kleine und ein großes Loch in der Tür aufmerksam. „Es hat hier früher eine Klinke oder einen Knauf gegeben, der aber abmontiert worden ist.“

„Ob es hier auch so einen versteckten Auslöser gibt?“, fragte sich Vicky.

Nick zuckte die Schultern. „Das Holz der Tür ist ganz anders als das des Türrahmens.“

Vorsichtig zupfte Vicky an einer Figur, die wie eine zweiköpfige Eidechse aussah. Sofort schoss etwas mit scharfem Zischen aus dem Rahmen und schlug in der gegenüberliegenden Wand ein. Es war ein kurzer, spitzer Pfeil.

„Da... das gibt's doch nicht", stieß Vicky hervor.

„Aber wenn eine Tür so gut gesichert ist, muss sich etwas ganz Besonderes dahinter befinden", kombinierte Nick.

„Wir lassen das jetzt. Viel zu gefährlich", entschied seine große Schwester. „Komm weiter!"

„Nein!" Nick blieb stehen. „Vielleicht finden wir nie wieder her. Ich will diese Tür aufkriegen."

„Du spinnst!", brauste Vicky auf.

Nick freute sich mächtig, diesmal mutiger als seine große Schwester zu sein. „Ich bin sicher, den richtigen Auslöser gefunden zu haben."

Ehe Vicky widersprechen konnte, hatte er schon mit dem Finger auf eine reptilienartige Figur gedrückt, die einen Schlüssel im Maul trug.

Die unheimliche Tafel

„Hör auf zu strampeln, ich kann dich sonst nicht mehr festhalten!“

Jupiter hielt die Luft an und bewegte sich nicht mehr. Er spürte, wie sein Oberkörper an der Kante vor und zurück wippte. Schon ein Windhauch würde genügen, um ihn nach unten zu befördern.

„Wer bist du?“, fragte die Stimme, die Jup gerade schon einmal gehört hatte. Es kostete ihn viel Überwindung, den Kopf ein Stückchen zur Seite zu drehen und einen Blick hinter sich zu werfen.

An der eingestürzten Brüstung kniete ein Junge mit blondem Lockenkopf. Er trug eine Brille mit kleinen, runden Gläsern und ein Hemd mit großen Karos. Mit beiden Händen hielt er Jupiter am Gürtel fest. Vor Anstrengung war sein Gesicht verzerrt. Der Junge hatte die Zähne zusammengebissen und stöhnte: „Lange kann ich dich nicht mehr halten."

„Zieh mich zurück, bitte!", flehte Jup.

Die Knochenhände, die ihn aus der Tiefe gepackt hatten, waren verschwunden. Oder hatte Jup sich alles nur eingebildet? Und woher war plötzlich dieser Junge aufgetaucht? Unter lautem Schnaufen und Stöhnen zerrte er Jupiter Stück für Stück auf den festen Boden zurück. Sobald er sich ausreichend sicher fühlte, half Jup mit den Händen mit, bis er sich schließlich aufsetzen konnte. Er rang nach Luft wie nach einem Dauerlauf.

Der Junge hockte sich vor ihn hin und legte den Kopf zur Seite.

„Bist du okay?"

Jupiter nickte stumm.

„Ich habe einen Schrei gehört", berichtete der Junge. „Du kannst von Glück reden, dass ich dich gefunden habe. In dieser jämmerlichen Bruchbude kann man sich verlaufen und spurlos verschwinden, ohne dass es jemand bemerkt."

„Schöne Aussichten", brummte Jupiter. „Hat es da vielleicht schon mehrere Opfer gegeben? Hat das Schloss deshalb den Spitznamen ‚Schloss des Schreckens'?"

Der Junge blickte ihn mit ernster Miene an und antwortete nicht.

„Wer bist du eigentlich?“, wollte Jup wissen.

„Ich bin Lenni Lester! Und du?“

„Jupiter Katz. Meine Freunde und ich sind eingeladen worden, uns hier ein bisschen umzusehen, weil es angeblich spuken soll. Aber das musst du doch wissen. Deinen Eltern gehört doch das Schloss, oder?“

Lenni nickte und seufzte tief. „Ja, sie haben diesen Kasten gekauft und mich gezwungen, mit ihnen überzusiedeln. Ich habe alle meine Freunde zurücklassen müssen!“

„Haben deine Eltern gar nicht erwähnt, dass wir heute ankommen?“

Lenni schüttelte den Kopf. „Mit keiner Silbe. Ich wette, sie haben keine Ahnung. Mam und Paps sind ins Dorf gefahren, weil sie dort eine Besprechung mit den Leuten haben, die das Schloss umbauen sollen.“

Jup deutete auf die abgestürzte Balustrade und sagte: „Ein Umbau ist dringend nötig. Die Bude ist lebensgefährlich.“ Nach kurzem Nachdenken fügte er hinzu: „Allerdings verstehe ich nicht, wieso deine Eltern zuerst eine E-Mail schicken, dass wir kommen sollen, und uns dann einfach vergessen.“

„Hm!“ Lenni zuckte die Schultern.

Jup fielen das Kratzen an der Tür und die Stimmen und Schritte aus den Gängen wieder ein.

„Was soll da gewesen sein?" Lenni hob ungläubig die Augenbrauen. „Ich bin durch die Halle gekommen, aber mir ist überhaupt nichts aufgefallen."

„Hast du Vicky und Nick gesehen?", wollte Jupiter wissen.

„Wer ist das?"

Jupiter kämpfte sich in die Höhe, klopfte den Staub von seiner Jeans und sagte: „Wir müssen die beiden suchen. Vielleicht ist ihnen etwas Ähnliches passiert wie mir."

Die Tür gab einen gequälten Laut von sich, als sie nach innen aufschwang. Vicky und Nick streckten die Köpfe vor und sahen in einen langgezogenen Raum, in dem drei riesige Kristallllüster von der Decke hingen. Von den Kristallen war allerdings kaum noch etwas zu erkennen, weil sie vom Staub völlig verkrustet waren.

Unter den Lüstern stand eine lange, dunkle Holztafel, über der an einem Ende ein weiteres großes Gemälde hing. Auf ihm war der gleiche Edelmann zu sehen wie auf dem Bild in der Halle.

Auf jeder Seite der Tafel zählte Nick sechs Stühle mit hoher Rückenlehne. Die Stühle standen eng beisammen, gerade so als würden sie sich aneinanderdrängen.

„Was soll denn das?“ Nick deutete auf die beiden Schmalseiten der Tafel. Dort gab es keine Stühle. Stattdessen ragten spitze Eisenstangen aus dem Boden in die Höhe. Es waren viele, und sie sahen sehr bedrohlich aus.

Vicky schüttelte verwundert den Kopf. So etwas hatte sie auch noch nie gesehen.

Etwas zögernd setzten die beiden ihren Fuß in den Raum und gingen zuerst zum unteren, dann zum oberen Ende des Tisches.

Die Stangen waren völlig verrostet und mit dicken Schrauben im Boden befestigt.

„Muss seltsam gewesen sein, hier zu essen und ständig auf diese Speere zu sehen“, stellte Vicky fest.

Nick hatte noch etwas entdeckt und winkte seine Schwester zu sich. „Die Stühle fahren mit kleinen Rädern in Schienen. Man kann sie vor- und zurückrücken, aber nicht zur Seite schieben oder wegnehmen.“

„Wem auch immer dieses Schloss gehört hat, es muss ein ziemlicher Spinner gewesen sein“, meinte Vicky.

An der Wand stießen sie auf eine Kommode. Als sie die oberste Lade aufzogen, lag vor ihnen schweres Silberbesteck in samtbezogenen Fächern. Das Silber war im Laufe der Jahre schwarz angelaufen und sah nicht sehr appetitlich aus.

„Jedes Fach hat eine Nummer“, sagte Nick und deutete auf kleine Plaketten. „Von eins bis zwölf.“

„Der frühere Besitzer muss ein Gründlichkeitsfanatiker gewesen sein“, stellte Vicky fest.

Keiner von beiden bemerkte, dass der Edelmann auf dem Gemälde sie mit seinen Blicken zu verfolgen schien, während sie den Raum durchsuchten.

DAS ALTE BUCH

„Vicky? Nick?!“ Jupiter war gemeinsam mit Lenni zum ersten Treppenabsatz zurückgekehrt, wo sich die Wege der drei Mitglieder des Grusel-Clubs getrennt hatten. Immer wieder hatte er nach seinen Freunden gerufen, aber keine Antwort erhalten.

In der Halle war es tatsächlich völlig still. Keine Schritte, keine Stimmen. Auch der Unbekannte, der versucht hatte, die Eingangstür einzuschlagen, war verstummt.

Lenni lehnte am Treppengeländer und hatte die Arme vor der Brust verschränkt. Die Stirn in Falten gelegt, blickte er in die riesige Halle hinunter.

„Und ihr habt tatsächlich Stimmen und so gehört?“, fragte er ungläubig.

„Ja!“, antwortete Jup knapp. Im Augenblick waren ihm die Stimmen allerdings egal. Ihn interessierte viel mehr, wohin die anderen beiden verschwunden waren. Er machte sich große Sorgen, dass sie auch irgendwo abgestürzt sein und sich verletzt haben könnten. Gab es denn keinen Hinweis, welche der beiden anderen Treppen sie gewählt hatten?

Jup inspizierte die Stufen genau und fand schließlich auf der rechten Treppe schwache Schuhabdrücke im Staub.

Immer zwei Stufen auf einmal nehmend, lief er die Treppe hinauf und folgte den Spuren durch das Wirrwarr von Gängen und Räumen, durch die zuvor schon Vicky und Nick gelaufen waren. Entsetzt und erschrocken stellte er fest, dass die anderen beiden anscheinend im Kreis gegangen waren. Ihre Spuren wurden bald von seinen eigenen Fußabdrücken überlagert und verwischt.

Außerdem gab es einige Räume, die frisch gefegt waren und wo Jupiter nicht mehr feststellen konnte, welche Richtung seine Freunde genommen hatten.

„Was gefunden?“, hörte er Lenni irgendwo rufen. Seine Stimme war kaum noch zu hören. Er schien Kilometer entfernt zu sein.

„Die beiden haben sich wohl verirrt!“, rief Jup zurück.

Hinter ihm knarrte der Boden. Erschrocken

drehte er sich um und sah Lenni aus einem der Gänge treten. Er war also dicht hinter ihm gewesen.

„Deine Stimme ... hat so entfernt geklungen", stieß er hervor.

Lenni nickte mit ernstem Gesicht. „In diesem Schloss erlebst du alle paar Schritte eine Überraschung. Warte, ich zeige dir etwas." Der Junge trat an Jupiter vorbei auf eine kahle Wand zu und klopfte die Holzvertäfelung ab. An einer Stelle klang es hohl, und eine versteckte Klappe tat sich auf. Lenni fasste unerschrocken hinein, zog einen Griff und freute sich über Jupiters Verblüffung, als sich die ganze Wand ein Stück zur Seite schob.

Direkt dahinter lag eine hohe Bibliothek mit großen Spitzbogenfenstern. Aus farbigem Glas waren riesige Augen in die Scheiben eingelegt worden.

An allen Wänden standen überfüllte Bücherregale, die vom Boden bis zur Decke ragten. Alle paar Meter gab es Leitern oder kleine Treppen, die zu den höheren Regalreihen führten.

„Mam und Paps haben schon einige Räume ausgekundschaftet, und Mam hat sofort sauber gemacht. Sie ist schrecklich ordentlich", erzählte Lenni. „Die Bibliothek finde ich am coolsten. Der Geheimzugang war zum Glück in einem

Plan eingezeichnet, sonst hätten wir ihn wohl nie gefunden."

Durch die Spitzbogenfenster fielen einige Strahlen der Nachmittagssonne. Das Glas schien sie grau zu färben.

Jupiter steuerte auf ein altmodisches Stehpult zu, auf dem ein altes Buch lag. Die aufgeschlagenen Seiten waren von einer dicken Staubschicht bedeckt, die er vorsichtig mit der Hand wegwischte. Jemand hatte das Papier mit zittriger Hand vollgekritzelt. Die Buchstaben waren nicht zu entziffern und der letzte Satz unvollständig. Ein fetter Strich führte vom letzten Buchstaben mitten in einem Wort zum unteren Rand der Seite.

„Als ob der Schreiber sehr erschrocken oder … oder umgefallen wäre", murmelte Jupiter.

„Kannst du lesen, was da steht?", wollte Lenni wissen, die Hände tief in die Taschen seiner Hose gebohrt.

„Nö, leider nicht", sagte Jupiter und blätterte vorsichtig einmal um. Die nächsten Seiten waren vergilbt und leer, die Seiten vor der letzten Eintragung aber voll. Noch viel weiter vorn waren mehrere alte, braunstichige Fotos eingeklebt. Sie zeigten eine junge Frau in einem weißen, sehr altmodischen Kleid vor einem der ersten Autos, die jemals gebaut worden waren.

Jup schlug wieder eine Stelle weiter hinten auf und entdeckte Bilder eines jungen Mannes mit gezwirbeltem Schnurrbart und gescheitelten, gelackten Haaren. Er trug weiße Hosen und einen weißen Sportpulli und hielt einen Pokal in die Höhe. Wer auch immer in das Buch geschrieben hatte, schien den Mann nicht besonders gut leiden zu können. Er hatte ihn nämlich mit Teufelshörnern und einer langen, rausgestreckten Zunge versehen. Noch etwas anderes fand Jupiter an dem Mann seltsam, aber er kam nicht darauf, was es war.

„Das könnte die Chronik des Schlosses sein“, fiel Jup ein. Er wünschte sich, er könnte die Schrift entziffern. Bestimmt würde er dann einiges über dieses äußerst unheimliche und seltsame Gebäude erfahren. „Glaubst du, ich darf das Buch mitnehmen?“, wandte er sich an Lenni.

„Warum nicht?!“

Jupiter schloss es und wirbelte dabei eine Staubwolke auf. Das Buch war schwer und kalt. Wahrscheinlich war es feucht geworden. Mit beiden Armen presste Jupiter es an die Brust. Er wandte sich an Lenni, der schon zur Tür zurückging. Im Umdrehen fiel Jup mehr durch Zufall etwas auf, für das er keine Erklärung hatte: Der Platz, an dem das Buch gelegen hatte, war immer noch mit Staub bedeckt.

ERST WENN ES ZU SPÄT IST ...

Draußen auf dem Gang waren Schritte zu hören. Schnell steckte Jup das Buch in seinen Rucksack. „Nick? Vicky?“, rief er.

„Ja, wir sind's!“, bekam er als Antwort. Im nächsten Augenblick traten die beiden aus einem Seitengang. Als sie Jupiter sahen, stürzte Vicky auf ihren Cousin zu und umarmte ihn stürmisch. Jup verzog halb verlegen, halb aus Spaß das Gesicht zu einer Grimasse.

„Falls du mich jetzt auch noch küssen möchtest, vergiss es!“, knurrte er.

„Quatschkopf!“, schimpfte Vicky. „Wir ... wir haben uns Sorgen gemacht, weil du geschrien hast. Was war los?“

„Und wer ist das?“ Nick deutete mit dem Kopf auf Lenni.

Während sie den Weg zur Treppe suchten, berichtete Jupiter, was er alles erlebt hatte. Nicks und Vickys Entdeckungen waren aber nicht weniger aufregend als seine eigenen.

Am Fuß der Treppe kniete eine Frau und wischte mit einem nassen Lappen den Blutfleck weg. Sie hob den Kopf, als der Grusel-Club und Lenni herunterkamen. Ihre Brille war bis zur Nasenspitze vorgerutscht und das lange Haar ziemlich aufgelöst.

„Ich möchte wirklich wissen, wo dieses rote Zeug herkommt?", schimpfte sie. „Seit wir hier sind, putze ich es bestimmt schon zum zehnten Mal weg. Muss wohl von oben irgendwo heruntertropfen."

„Das ist Blut, Mam", erklärte Lenni leise. „In Spukschlössern gibt es oft solche Flecken, die immer wieder auftauchen."

Jup gab ihm recht. „Sie bedeuten, dass an dieser Stelle jemand umgebracht wurde."

Die Frau verdrehte die Augen. „Das habe ich noch gebraucht: ein neunmalkluger Junge, der die Hirngespinste meines Sohnes unterstützt. Wer seid ihr überhaupt? Ich habe euch noch nie hier gesehen."

Jup stellte sich und seine Freunde vor. „Sie haben uns eingeladen, damit wir mehr über den Spuk in diesem Schloss herausfinden."

Die Frau stand auf, stemmte die Hände in die Seite und fragte: „*Ich* soll *euch* eingeladen haben? Niemals! Es stimmt, ich habe mit einem Professor Katz telefoniert, das war aber auch schon alles. Lenni und diese komische Alte haben mich mit dem Gerede von Spuk und Geistern ganz verrückt gemacht." Mit einer energischen Handbewegung beförderte sie ihr Haar nach hinten und schob die Brille nach oben. Viel nützte das nicht, weil sie gleich wieder zur Nasenspitze rutschte.

Jup zog einen Ausdruck der E-Mail aus der Hosentasche, die ein Damian Lester geschrieben hatte. Es war die Einladung für den Grusel-Club und die Bestätigung, dass die drei am Bahnhof abgeholt werden würden.

Frau Lester überflog das Schreiben mit gerunzelter Stirn. „Das ist wirklich unsere E-Mail-Adresse", stellte sie fest. „Aber ich weiß davon nichts.

„Vielleicht hat Ihr Mann Ihnen nichts davon gesagt …", meinte Jup.

„Oder … es war … die unsichtbare Kraft, die in diesem Schloss umgeht", sagte Lenni von hinten leise.

Überrascht drehten sich die drei vom Grusel-Club zu ihm um. „Was meinst du damit?"

„Lenni, hör auf!", flehte Frau Lester und hob beschwörend die Hände. „Seit wir hier sind, behauptet der Junge, auf Schritt und Tritt von einem unsichtbaren Geist verfolgt zu werden. Angeblich spukt es hier in jedem Zimmer. Zuerst habe ich ihm das fast geglaubt. Deshalb habe ich auch deinen Vater kontaktiert, Jupiter. Dann aber ist mir klar geworden, wie albern das alles war. Es gibt keinen Spuk. Was auch immer in diesem Schloss geschieht, hat einzig und allein mit seiner Baufälligkeit zu tun. Aber demnächst beginnen die Renovierungsarbeiten, dann ist Schluss mit dem Gerede."

„Wollen Sie wirklich ein Hotel aus dem Schloss machen?", fragte Vicky.

„Natürlich!" Frau Lester nickte heftig. „Und wir werden selbstverständlich den Spuk als großen Werbetrick verkaufen. Die Leute werden in Scharen kommen, um in einem echten Geisterschloss zu übernachten."

„Aber … das kann auch gefährlich sein", warf Lenni ein.

„Nicht mehr, sobald alles wieder hergerichtet ist", beruhigte ihn seine Mutter. „Bis dahin aber verbiete ich dir", sie zeigte mit dem ausgestreckten Zeigefinger auf ihn und dann gleich auf den Grusel-Club, „und euch genauso, nur einen Schritt in diese baufällige Bude zu machen. Abmarsch!"

Sie scheuchte die vier vor sich her zu einem der Gänge, die von der Halle wegführten. Ein heftiger Luftzug wehte ihnen entgegen, und vom Ende des Korridors kam das Klappern einer Tür. Durch sie traten sie ins Freie, in einen verwilderten Garten, wo Unkraut und Bäume ungehindert nach allen Seiten wucherten. Inmitten der Wildnis standen zwei große Wohnmobile und ein kleiner Wohnwagen.

„In einem Wohnmobil schlafen Mam und Paps, das andere ist ihr Büro, und der kleine Wohnwagen ist meiner", erklärte Lenni.

„Ihr scheint euch gut zu verstehen", stellte seine Mutter fest. „Wenn ihr schon da seid, dann bleibt doch ein paar Tage. Es sind ohnehin Ferien, und Lenni kann ein bisschen Gesellschaft gut gebrauchen."

Der Grusel-Club nahm die Einladung an. Allerdings weniger wegen Lenni als wegen der zahlreichen ungeklärten Ereignisse, die sie seit ihrer Ankunft erlebt hatten.

Lennis Wohnwagen sah genauso aus wie die Zimmer der drei Freunde: Poster an den Wänden, Regale, vollgestopft mit Spielen, Modellen, Büchern und Krimskrams, ein zerwühltes Bett und überall Klamotten auf dem Boden.

Seufzend ließ sich Lenni auf das Bett sinken und stützte den Kopf in die Hände. „Mam und Paps machen den größten Fehler ihres Lebens", seufzte er. „Dieses Schloss ist … gefährlich. Sie werden von hier nie wieder fortkommen, aber sie wollen es nicht glauben. Erst wenn es zu spät ist, werden sie es kapieren."

Entsetzt sahen ihn die drei Freunde an.

„Wie kommst du darauf?", wollte Jup wissen.

Lenni setzte zu einer Antwort an, schloss den Mund dann aber wieder und machte eine wegwerfende Handbewegung. „Ich ... darf es euch nicht erzählen. Es hätte aber auch keinen Sinn. Doch vielleicht ... hören sie auf euch, wenn ihr sie warnt."

„Wieso? Was ... was hast du rausgefunden über das Schloss?", bohrte Vicky nach.

Aber Lenni war nicht bereit weiterzusprechen. Er presste die Lippen zusammen und schüttelte nur den Kopf.

Er wusste viel mehr, als er sagte. Das stand fest. Aber wieso redete er nicht?

WAS WEISS MAGDALENA NIERLICH?

In Lennis Wohnwagen gab es noch zwei weitere Liegen, die Vicky und Nick belegten. Jupiter bekam eine Luftmatratze auf dem Boden. Nachdem sie ihre Lager hergerichtet hatten, gingen sie wieder hinaus in den Garten und begegneten dort einem groß gewachsenen, breitschultrigen Mann, der Vicky an einen Rugbyspieler erinnerte. Als er Lenni sah, klopfte er ihm mit der flachen Hand auf den Rücken, woraufhin Lenni fast zu Boden ging.

Der Mann lachte dröhnend. „Na, Sohnemann, hast du deiner Mutter wieder ein paar Schauergeschichten aufgetischt?"

Verlegen starrte Lenni auf die Spitzen seiner Sportschuhe.

„Hör endlich mit diesem Gewäsch auf!", verlangte der Mann, der ohne Zweifel sein Vater war. „Jedenfalls so lange, bis wir die ersten

Gäste hier haben. Dann kannst du allen deine Spukgeschichten auftischen."

Herr Lester streckte den drei Mitgliedern des Grusel-Clubs seine mächtige Hand entgegen und begrüßte sie herzlich. „Bringt meinen Herrn Sohn auf andere Gedanken, und vor allem: Haltet ihn ja von dieser Magdalena Nierlich fern", trug er ihnen auf.

„Wer ist das?", fragte Jup. „Wir kennen die Dame nicht!"

„Ach, das ist eine komische Alte, die vor unserer Ankunft auf das Schloss aufgepasst hat. Von Putzen und so scheint sie aber nie viel gehalten zu haben."

Herr Lester wollte schon wieder zu seinem Wagen gehen, aber Vicky hielt ihn zurück. „Wieso hat sie auf das Schloss ‚aufgepasst'? Was soll das heißen?"

„Ach, Herr Westfinster, der Erbauer des Schlosses, hat vor ungefähr hundert Jahren hier gelebt. Nach seinem Tod ging das Schloss in den Besitz seines Sohnes über, der es natürlich auch wieder vererbt hat. Westfinster der Vierte ist der Urenkel des Erbauers und ein Spieler. Er hat beim Pokern ständig verloren und große Schulden angehäuft. Deshalb wurde das Schloss versteigert. Wir haben es für einen Spottpreis erhalten."

„Weil es außer euch keiner haben wollte. Alle Leute in der Umgebung wissen, dass dieses Schloss der schlimmste Albtraum ist", sagte Lenni leise.

Sein Vater hörte ihn schon nicht mehr. Er hatte sich bereits hinter das Lenkrad geschoben und knallte die Tür zu.

„Wo wohnt diese Magdalena irgendwas?", wollte Jup von Lenni wissen.

„Im Dorf, in Windenstein. Graugasse Nummer 14", antwortete Lenni.

Ohne sich absprechen zu müssen, war für Vicky und Jupiter klar, was sie tun wollten. Heftig winkend, liefen sie dem Wagen von Herrn Lester hinterher. Er hielt und kurbelte das Fenster runter. „Was gibt's?"

„Nehmen Sie uns nach Windenstein mit?", bat ihn Vicky.

„Steigt ein!"

„Ich bleib da!", rief Nick. Erstens hatte er Hunger, und zweitens hatte er einen Fußball im Gras liegen gesehen. Nach den Aufregungen wollte er ein bisschen kicken. Das beruhigte.

Windenstein war ein verschlafenes Nest, das hauptsächlich aus einer breiten Hauptstraße bestand, an der ein paar Läden, das Rathaus, die Schule und das Postamt lagen. Herr Lester parkte vor dem Rathaus und sagte: „Wenn ihr mit mir zurückfahren wollt, seid in einer Stunde wieder hier. Sonst müsst ihr laufen."

Dazu hatten Vicky und Jupiter nur wenig Lust. Der Fußmarsch vom Bahnhof bis zum Schloss hatte ihnen gereicht.

Immer wieder fuhr sich Jup mit den Fingern durch die Haare – ein Zeichen dafür, dass er angestrengt nachdachte.

„Mit dem Schloss stimmt einiges nicht", sagte er schließlich.

„Echt wahr? Darauf wäre ich niemals gekommen!", spottete Vicky.

„Spiel dich nicht schon wieder als Lady Superschlau auf!", fuhr Jup seine Cousine an. „Ich meine, dieses Schloss steckt zweifellos voller Geheimnisse. Zusätzlich aber ist da irgendetwas sehr, sehr faul."

„Was meinst du damit?"

Jupiter zuckte die Schultern. „Keine Ahnung, nur so ein Gefühl."

Sie hatten die Graugasse erreicht und standen bald vor Haus Nummer 14, einer kleinen Villa mit Erkerzimmer und spitzen Türmchen auf dem Dach.

„Ganz schön nobel für jemanden, der so eine Art Hausmeisterin in einem Schloss war, findest du nicht?", fragte Vicky.

Jupiter stimmte ihr zu. Das Gartentor war frisch gestrichen, auf dem Kiesweg wuchs kein einziges Unkraut. Der Rasen schien mit der Nagelschere geschnitten zu sein, und der Messingknauf der Tür blitzte in der Sonne.

„Wer auch immer hier wohnt, ist ordentlich und hat wohl einen Putzfimmel“, kombinierte Jupiter. „Wenn dieselbe Person auch im Schloss nach dem Rechten gesehen hat, verstehe ich nicht, wieso dort alles so heruntergekommen ist.“

Da es keinen Klingelknopf gab, betätigte Vicky einen Türklopfer, der ebenfalls aus Messing und blank poliert war. Es dauerte eine Weile, bis sich schlürfende Schritte näherten und geöffnet wurde. Vor ihnen stand eine kleine, sehr drahtig wirkende Frau. Ihr Gesicht hatte etwas Energisches und wurde von weißen Löckchen umrahmt. Sie stützte sich auf einen Silberstock und blickte die beiden Besucher mit zusammengekniffenen Augen an.

„Was wollt ihr von mir?“

Vicky und Jup hatten den gleichen Gedanken: Hatte die Frau gewusst, dass sie kommen? Es klang so, oder täuschten sie sich?

„Wir … also … sind Sie Magdalena Nierlich?“, begann Vicky etwas zögerlich.

„Die bin ich.“

„Es geht um das Schloss. Schloss Westfinster", setzte Jupiter fort. Der bohrende Blick der Frau machte ihn ganz unsicher. „Sie … Sie haben doch dort … geputzt?"

Wütend stampfte die Frau mit dem Stock auf. „Ich habe nach dem Rechten gesehen! Ich war die Hausverwalterin, nicht die Putzfrau."

„Verzeihung, wir … wir wollten Sie nicht beleidigen", stammelte Vicky.

„Wären Sie so nett, uns ein bisschen über das Schloss zu erzählen?" Jupiter sah die alte Frau so freundlich wie möglich an.

Nach kurzem Zögern winkte sie mit der knochigen Hand. „Kommt rein!"

Auch innen war das Haus blitzblank und aufgeräumt. Frau Nierlich bot den beiden Mitgliedern des Grusel-Clubs auf einem rosa gestreiften Sofa Platz an und ließ sich ihnen gegenüber in einen Lehnstuhl sinken. Schaudernd betrachtete Jupiter die Bilder an den Wänden. Alle zeigten den Mann mit dem Schnurrbart, der ihnen schon aus der Chronik bekannt war, in verzweifelten Posen. Wieder hatte Jupiter den Eindruck, dass mit den Bildern etwas nicht stimmte, und wieder kam er nicht darauf, was es war.

Der dreizehnte Gast

Jupiter stieß Vicky mit dem Ellbogen an und machte sie auf die Bilder aufmerksam. Sie passten einfach überhaupt nicht in das aufgeräumte Zimmer, das an eine Puppenstube erinnerte.

Frau Nierlich bemerkte die neugierigen Blicke der beiden, gab ihnen aber trotzdem keine Erklärung.

„Ihr wolltet etwas von mir wissen, also fragt!“, forderte sie Vicky und Jup auf.

„Wieso heißt Schloss Westfinster ‚Schloss des Schreckens‘?“, fiel Jupiter gleich mit der Tür ins Haus.

Die Lippen von Frau Nierlich wurden zu einem dünnen Strich. Sie kniff die Augen zusammen und sagte mit gesenkter Stimme: „Weil dort der Schrecken zu Hause ist und auch niemals weichen wird.“

„Wir waren im Esszimmer. Wieso sind die

Stühle dort auf Schienen, und was sollen die spitzen Stangen an den Enden des Tisches?“, fragte Vicky weiter.

Jupiter sah zum ersten Mal den Knauf des Silberstockes von Frau Nierlich. Er zeigte einen Totenkopf mit grünen Edelsteinen in den Augenhöhlen.

„Graf Wolfgang von Westfinster, der Erbauer des Schlosses, war ein hochnäsiger, eingebildeter, einfältiger Mann. Als ihm eine Wahrsagerin großes Unglück prophezeite, wenn irgendwann dreizehn Gäste an seiner Tafel Platz nehmen würden, glaubte er das sofort. Er war sehr darauf bedacht, immer nur zwölf Leute an seinem Tisch zu haben. Doch an dem Abend, als er sich mit Baroness Wilhelmina verlobte, tauchte ein unerwarteter Gast zu später Stunde auf. Es wäre der dreizehnte gewesen.“

Magdalena Nierlich legte eine Pause ein und blickte immer wieder von Vicky zu Jupiter und zurück. Die Spannung der beiden wuchs und wuchs. Eine halbe Ewigkeit verging, bis Frau Nierlich weiterredete.

„Er hat den dreizehnten Gast wohl fortgeschickt“, erzählte sie ganz locker. „Am nächsten Morgen verreiste er mit seiner Braut und heiratete sie in Amerika. Erst sechs Wochen später kehrte er in das Schloss zurück. Von diesem

Tag an ging mit ihm eine merkwürdige Veränderung vor sich: Er schien Tag und Nacht in panischer Angst zu sein und verbot seiner Frau, jemals wieder Gäste einzuladen. Und Graf Westfinster gab rätselhafte Anweisungen an seine Dienstboten: So durfte niemand den Keller betreten. Damals hat das Schloss übrigens so ausgesehen."

Sie deutete mit dem Stock auf ein Bild, das an der Wand hinter Jup und Vicky hing. Es zeigte ein ganz normales Prunkgebäude, das viel kleiner als das heutige Schloss war. Das Tor mit den Fratzen fehlte.

„Das ist nur der Teil beim Eingang", stellte Vicky fest.

„Richtig", stimmte Frau Nierlich zu. „Doch das Schloss schien dem Grafen auf einmal zu klein zu sein. Wie besessen begann er anzubauen. Ein Gebäude nach dem anderen, Turm nach Turm. Keiner konnte verstehen, was in ihn gefahren war. Auch seine junge Frau nicht, die eines Abends fluchtartig das Schloss verließ. Sie brachte das Gerücht in Umlauf, dass es in Schloss Westfinster nicht mit rechten Dingen zugehen soll. Von ihr stammt der Name ‚Schloss des Schreckens', der bis heute geblieben ist."

„Aber der dreizehnte Gast hat doch gar nicht bei Tisch Platz genommen", warf Jupiter ein.

Magdalena Nierlich überging die Bemerkung einfach. „Der Graf hat fast alle Hausangestellten entlassen. Nur mein Großvater und meine Mutter blieben. Viele Jahre vergingen, und aus Graf Westfinster wurde ein verbitterter Einsiedler, der sein Schloss fast nie verließ. Eines Tages wurde er in der Bibliothek aufgefunden. Er lag tot auf dem Boden. Gerade als er etwas in die Chronik eingetragen hat, muss er einen Schock erlitten haben, der ihn das Leben kostete."

Vicky fröstelte.

Jupiter aber schnippte mit den Fingern. Er konnte sich jetzt erklären, wieso die letzte Eintragung in der Chronik mitten im Wort abgebrochen war und ein Strich bis zum unteren Seitenrand führte.

„Die junge Gräfin Westfinster hatte, nachdem sie aus dem Schloss geflohen war, einen Sohn zur Welt gebracht. Er war der Erbe des Schlosses, hat aber nur wenige Nächte in dem Gemäuer verbracht und es dann für immer verlassen. Von ihm ging es weiter an seinen eigenen Sohn, und von diesem schließlich an Graf Westfinster den Vierten, der es verspielt hat."

„Sie haben sich so lange um das Schloss gekümmert. Sie müssen doch eine Erklärung für das seltsame Verhalten des Grafen haben!", meinte Jupiter.

„Die habe ich auch, aber ich sage sie euch nicht!“, erklärte Frau Nierlich mit teuflischem Grinsen.

„Glauben Sie, der Spuk geht weiter?“, fragte Vicky vorsichtig.

Magdalena Nierlich starrte sie mit ihren stahlblauen, stechenden Augen an, antwortete aber nicht.

„Wer … wer ist der Mann auf den Bildern?“, platzte Jupiter raus.

Die alte Dame erhob sich und öffnete die Tür zur Diele.

„Euer Besuch ist zu Ende“, sagte sie steif und würdigte die beiden keines Blickes mehr.

Noch einmal hob Jup an, eine Frage zu stellen, aber das versteinerte Gesicht von Frau Nierlich ließ keinen Zweifel, dass er keine Antwort bekommen würde.

Vicky unternahm trotzdem noch einen Versuch: „Wo ist Graf Westfinster denn eigentlich begraben?“

„Seine Gruft befindet sich im Keller des Schlosses. Es war sein ausdrücklicher Wunsch, dort bestattet zu werden“, antwortete Frau Nierlich. Und dann geschah etwas höchst Merkwürdiges: Sie schien kurz verschmitzt zu grinsen.

„Hast du das auch gesehen?“, fragte Vicky Jupiter, als sie wieder auf der Straße standen.

Ihr Cousin nickte.

„Und was sollte das?“

Darauf konnte er nur die Schultern zucken. Er hatte keine Ahnung.

Auf der Rückfahrt grübelten die beiden vor sich hin. Herrn Lester erzählten sie nichts von dem Gespräch mit Frau Nierlich. Da sie Nick und Lenni nirgendwo entdecken konnten und der Seiteneingang ins Schloss offen stand, gingen sie durch den engen Gang in die große Halle. Nachdenklich drehten sie sich einmal im Kreis. Vicky stutzte. Das große Gemälde sah auf einmal ganz anders aus. Es zeigte den edel gekleideten Mann jetzt mit stolzem Lächeln vor seinem Schloss.

DIE GRUFT IM KELLER

Vicky nahm die Brille ab, putzte sie und setzte sie wieder auf. Das Bild sah aber noch immer genauso aus wie zuvor.

„Wie ist das möglich?", murmelte sie.

Jupiter zog einen zerschlissenen Lederstuhl heran, stieg auf den Sitz und untersuchte den Bilderrahmen. Als er an einer Ecke etwas fester drückte, gab das Bild nach und schwenkte schließlich nach hinten. Es drehte sich, und ein zweites Gemälde kam zum Vorschein, das wieder den Mann zeigte, der irgendetwas entsetzt anstarrte.

„Das ist wohl Graf Westfinster", stellte Vicky fest. „Aber was soll das drehbare Bild mit den zwei Seiten?"

„Suchen wir … die Gruft im Keller?" Jup sah sie fragend an. Er war selbst nicht ganz sicher, ob sie das wirklich tun sollten.

„Wenn wir einen Abstieg in den Keller finden, dann schon“, entschied Vicky. Jup stimmte zu, hoffte aber insgeheim ein bisschen, dass es keine Treppe nach unten gab.

Vicky nahm eine kleine Taschenlampe vom Gürtel und leuchtete in jeden Gang, der von der Halle wegführte. Einen Kellerabgang fand sie aber nicht.

„He, was ist denn das?“, stieß sie auf einmal hervor.

„Was meinst du?“, fragte Jup.

Vicky deutete stumm in einen der Gänge. Dort hing ein langes, dünnes Kabel aus der Wand, an dem ein kleines Kästchen befestigt war.

Jupiter bückte sich und hob das Ding auf. Es war ein Lautsprecher. Das Kabel war entlang der Wand verlegt und führte um die Ecke in einen anderen Gang. Auch dort fand Jup einen kleinen Lautsprecher, von dem ein weiteres Kabel in den Nebengang zur nächsten Box führte. Am Ende der langen Kette hing ein MP3-Player. Als Jupiter die PLAY-Taste drückte, ertönten die Schritte und die schaurigen Stimmen, die der Grusel-Club bei seiner Ankunft gehört hatte.

„Dieser Spuk wäre also geklärt“, stellte er zufrieden fest.

„Bleibt die Frage, wer die Dinger hier aufgestellt hat“, meinte Vicky.

Als sie wieder in die Halle traten, fiel Jup ein weiterer Durchgang auf, der hinter die mächtige Treppe führte. Dort stießen sie auf einen Abgang in die Tiefe. Die Stufen waren völlig verschmutzt, und die Treppe war so lang, dass der Lichtschein von Vickys Taschenlampe nicht bis zum Ende reichte.

Stufe für Stufe stiegen sie hinunter. Im Keller herrschte absolute Stille, und mit jedem Schritt wurde es kälter. Sie zogen ihre Jacken fester um den Körper, weil sie zu frieren begannen.

Endlich waren sie im Keller angekommen, und Vicky leuchtete ein weitläufiges, niedriges Bogengewölbe ab. Genau gegenüber der Treppe befand sich ein schmiedeeisernes Gittertor. Dahinter stand ein mächtiger schwarzer Marmorsarkophag. Mit großen Buchstaben war der Name „Wolfgang Graf von Westfinster" eingraviert.

Andächtig standen die beiden Mitglieder des Grusel-Clubs davor. Bei jedem Ausatmen bildete sich ein weißer Hauch vor ihrem Mund.

Vicky leuchtete hinter den Sarg auf eine Mauer aus grob behauenen Steinblöcken.

Da bewegte sich etwas zu ihren Füßen. Sie erschrak und machte einen Schritt zurück. Von unten kam ein empörtes Fiepen. Als sie hinableuchtete, stieß sie einen Schrei aus.

Auf ihren Schuhen saßen zwei dicke Ratten mit langen Zähnen, die empört und angriffslustig zu ihr aufschauten.

„Reg dich ab, die tun dir nichts", zischte Jupiter nervös.

„Die Biester hocken auf meinen Füßen und nicht auf deinen", gab Vicky zurück.

Jupiter machte eine hektische Bewegung mit dem Schuh, woraufhin die beiden Ratten sofort die Flucht ergriffen.

„Mädchen", seufzte er, „kommen nicht einmal auf die einfachsten Ideen."

Vicky warf ihm einen trotzigen Blick zu und schüttelte sich noch einmal.

„Leih mir bitte mal die Taschenlampe", raunte Jup. Bevor Vicky noch etwas sagen konnte, hatte er ihr die Lampe schon aus der Hand genommen. Er machte sich so schmal wie möglich und schob sich seitlich zwischen den dicken Gitterstäben der Absperrung vor dem Sarg durch.

„Was tust du da?", wollte Vicky wissen.

„Nachsehen, ob überhaupt jemand darin liegt!", bekam sie als Antwort.

„Echt?" Sie konnte es nicht fassen.

„Quatsch!", tönte Jupiters Stimme hinter dem Sarkophag hervor. Der Lichtkreis wanderte über die Mauer, glitt über den schweren Sargdeckel, die niedrige, gewölbte Decke und schließlich direkt in Vickys Gesicht. Geblendet schloss sie die Augen und hielt den Arm in die Höhe.

„Lass den Quatsch!", schimpfte sie.

Vor ihren Füßen klapperte etwas. Aus Angst, es könnten wieder die Ratten sein, machte sie einen erschrockenen Schritt zurück. Als sie die Augen öffnete, fand sie auf dem Boden die Taschenlampe. Hastig bückte sie sich und hob sie auf.

„Jupiter?"

Keine Antwort.

In dem düsteren, bedrückenden Gewölbe war es gespenstisch still. Totenstill.

„Jup? Sag was!", flehte Vicky. Ihre Hände zitterten, als sie die Umgebung ableuchtete. Von Jupiter keine Spur. Dafür fiel Vicky aber etwas anderes auf: In der Wand, auch hinter dem Sarg, gab es zugemauerte Türöffnungen.

VERSCHWUNDEN

Vicky zitterte am ganzen Körper. Was sollte sie tun? Sie hatte Jup zuletzt am Sarkophag gesehen. Ob dieser vielleicht aufgegangen und Jupiter hineingezogen worden war?

„Das gibt es nicht", versuchte sie sich zu beruhigen, allerdings mit wenig Erfolg. In diesem Schloss schien es mehr unheimliche Dinge zu geben, als sie jemals zu denken gewagt hatte.

Im Rückwärtsgang bewegte sich Vicky auf die Treppe zu. Die Taschenlampe hielt sie die ganze Zeit auf den Sarkophag gerichtet. Wenn Jupiter an dieser Stelle verschwunden war, musste er doch auch wieder dort auftauchen.

Der schwarze Marmorsarg stand starr und still, wie schon seit vielen, vielen Jahren.

Vicky hielt die Luft an, weil sie sonst vielleicht ein wichtiges Geräusch überhört hätte.

Völlig unerwartet wurde sie von hinten

gepackt. Eine kalte Hand legte sich an ihren Hals, eine andere auf ihren Mund. Sie wollte schreien, brachte aber keinen Ton heraus. Vor Schreck war ihre Kehle wie abgeschnürt. Nicht einmal Luft holen konnte sie. Vicky hatte das Gefühl, ein Panzer aus Eis hätte sich um ihre Brust gelegt. Der Versuch, sich aus dem Griff zu befreien, schlug fehl. Ihre Arme und Beine gehorchten ihr nicht. Sie hatte auf einmal keine Kraft mehr.

Ein saurer, stinkender Geruch wehte ihr von hinten über das Gesicht und in die Nase, und eine röchelnde Stimme krächzte ihr ins Ohr: „Was tust du hier in meinem Keller?"

Vicky rang nach Atem und würgte verzweifelt. „Ich … ich … mein Freund und ich … wir wollten nur nachsehen …"

„Wieso hast du deinen bezaubernden kleinen Bruder nicht mitgenommen?", verlangte die Geisterstimme zu erfahren.

Bei diesen Worten war es mit Vickys Starre vorbei. Mit einem schnellen, kräftigen Ruck befreite sie sich aus dem kalten Griff und wirbelte herum. Hinter ihr auf der letzten Stufe standen Nick und Lenni. Beide grinsten über das ganze Gesicht.

„Ihr Blödmänner!", tobte sie. „So ein Schock kann einen umbringen!"

Nick hob überrascht die Augenbrauen. „Ich dachte immer, meine große Schwester hätte den Mut schon mit der Babyflasche bekommen. Dich kippt doch nichts aus den Schuhen. Immer bin ich der Feigling, oder?" Spöttisch sah er ihr direkt in die Augen.

„Quatschkopf!" Mehr fiel Vicky dazu nicht ein.

„Wir haben beobachtet, wie ihr ins Schloss geschlichen seid", berichtete Lenni leise. „Nick wollte euch hinterher, obwohl ich ihn gewarnt habe."

„Gewarnt, wovor?", fuhr ihn Vicky an.

„Vor dem Keller … das ist der schrecklichste Platz im ganzen Schloss!", flüsterte Lenni. Er beugte sich ganz nahe zu Vicky und sah sich um, als könnte sie jemand belauschen. Genau wie Nick roch er sauer aus dem Mund.

Vicky fächelte sich Luft zu. „Was habt ihr denn gegessen?"

„Ein Glas Essiggurken", sagte Nick.

„Igitt, ihr stinkt aus dem Mund wie Monster", beschwerte sich Vicky. Lennis letzter Satz fiel ihr wieder ein. „Was meinst du damit, dass der Keller der schrecklichste Platz des Schlosses ist?"

„Viele sind schon hier runtergekommen, aber niemals zurückgekehrt", berichtete Lenni mit Grabesstimme.

„Woher weißt du das?“

Lenni schwieg.

Vicky begann vor Aufregung zu keuchen. „Jupiter … er ist … er ist plötzlich verschwunden.“ Aus den Augenwinkeln sah sie, wie Lenni erschrocken zuckte, als hätte ihm jemand einen Schlag versetzt.

„D… das meinst du nicht ernst!“

„Doch!“

Lenni stieß einen Schrei aus, drehte sich um und stürzte nach oben. Am liebsten wäre ihm Vicky sofort gefolgt, aber sie konnte Jupiter doch nicht einfach im Stich lassen.

„Ju… Jup?“, rief Nick. Seine Stimme kippte und wurde ganz hoch und schrill.

Doch niemand reagierte.

„Wir müssen Herrn und Frau Lester verständigen. Die Polizei muss kommen!“, stieß Vicky aus.

„Pssst!“ Nick packte sie hart am Arm.

Regungslos standen die beiden da und lauschten in die Dunkelheit. Irgendwo, ganz fern, kratzte und schabte etwas. Es polterte, als würden Steine herabfallen.

„Rauch!“, hauchte Nick und zeigte auf den Marmor-Sarkophag, unter dem tatsächlich grauer Rauch hervorquoll. „Das ist … ein Geist … er erhebt sich.“

In dem Rauch wurde eine Gestalt in völlig verdreckter und zerschlissener Kleidung sichtbar. Überall hingen Spinnweben von ihr herab.

Im nächsten Augenblick brüllten Nick und Vicky wie verrückt. So schnell sie konnten, hetzten sie die Treppe nach oben. Mehrere Male rutschten sie aus und schlugen sich blaue Flecken, ächzten und stöhnten, aber blieben trotzdem nicht stehen. Sie wollten nur nach oben und raus aus diesem Spukschloss.

VERFOLGT VON EINEM GEIST

Keuchend taumelten Vicky und Nick durch den Seitenausgang in den verwilderten Garten und stießen dort mit Frau Lester zusammen, der sofort die Brille von der Nase fiel.

„Was ist denn mit euch passiert?", fragte sie verwundert.

„Im Keller … es spukt tatsächlich … alles ist wahr!", stammelte Vicky. „Und Jupiter ist verschwunden. Es ist etwas mit ihm geschehen. Der Geist des alten Westfinster hat ihn geholt."

Nick griff nach ihr, schüttelte sie wie einen Apfelbaum und schrie gellend.

„Was hast du?", brüllte Vicky zurück.

Noch immer schreiend zeigte Nick zur dunklen Holztür in der Schlossmauer. Aus dem düsteren Gang wankte die graue Gestalt.

„Der Geist … er kommt uns nach!"

Der Geist hob die Hand, hustete und sagte

dann krächzend: „Ich bin es doch nur, ihr Halbwahnsinnigen."

„Jup?" Vicky konnte es nicht glauben.

„Nein, Graf Westfinster!"

Frau Lester schüttelte tadelnd den Kopf. „Findet ihr das witzig, Kinder? Ich kann mich für eure Scherze wirklich nicht erwärmen. Wenn ihr nicht ein bisschen braver seid, schicke ich euch sofort nach Hause zurück."

Vicky und Nick hörten nicht hin. Sie liefen zu ihrem Cousin und packten ihn links und rechts am Arm. „Was ist geschehen, wo warst du?"

„Hinter dem Sarkophag ... ist eine vermauerte Tür ... aber unten in der Mauer ist ein Loch ... am Ende Licht ... ich bin reingekrochen ... habe dir die Taschenlampe vorher zugeworfen", erzählte Jupiter und schnappte immer wieder nach Luft. „Bin auf allen vieren vorgekrochen ... Licht kommt von oben ... dort, wo ich gestern fast abgestürzt bin. Dort muss irgendwann die Decke des Gewölbes eingebrochen sein. Ich habe nach dir gerufen, Vicky."

„Aber ich habe nichts gehört!", beteuerte seine Cousine.

„Auf dem Weg zurück ... in der Dunkelheit ... habe ich mit dem Kopf die Decke des Ganges gestreift und ... es sind hinter mir Steine abgegangen."

Der Rauch war also in Wirklichkeit Staub gewesen.

„Ich denke, du brauchst eine Dusche und frische Klamotten“, stellte Vicky fest.

„Ausnahmsweise gebe ich dir recht“, brummte Jup und verschwand humpelnd Richtung Wohnwagen. Es handelte sich um ein teures Modell, das sogar ein kleines Bad eingebaut hatte, wo Jupiter sich nun gründlich reinigte. Als er frische Jeans und einen sauberen Pulli anzog, löste sich seine Armbanduhr und rutschte unter Lennis Bett. Jup bückte sich, um sie hervorzuholen.

Unterm Bett lag jede Menge Krimskrams: ein Federballspiel, altes Spielzeug, Schuhe, Kappen, ein Baseballhandschuh, ein Malkasten, zwei leere Behälter für rote Farbe, Comichefte, ein Flugzeug und vieles mehr.

Als Jup sich wieder aufrichtete, war ihm eine Idee gekommen. Während er sich noch die Haare trocken rieb, trat er aus dem Wohnwagen und hielt nach Lenni, Vicky und Nick Ausschau.

Die Sonne versank langsam als rot glühender Ball hinter den Dächern des Schlosses. Wie mahnende Finger ragten einzelne Strahlen zum Himmel.

„Moment mal!“ Jupiter war in diesem Augenblick noch etwas eingefallen. Er klopfte an die Tür des Büro-Wohnmobils und erhielt sofort ein

„Herein". Frau Lester saß am Computer und klopfte wild auf der Tastatur herum.

„Dieser Lenni", schimpfte sie. „Immer spielt er hier herum, und ich kann dann meine Programme nicht mehr starten."

Auf dem Bildschirm blinkte ein Briefumschlag als Symbol. Als Frau Lester ihn anklickte, öffnete sich eine E-Mail.

Jupiter rubbelte noch immer an seinen Haaren, die bereits wild nach allen Seiten abstanden. „Interessant!", murmelte er. Laut bat er dann: „Darf ich mal telefonieren?"

„Natürlich!" Frau Lester starrte weiter auf den Bildschirm und deutete auf ein knallrotes Telefon. Jup holte einen Zettel aus der Tasche und wählte die Handynummer seines Vaters. Es dauerte ein wenig, bis dieser sich meldete.

„Paps, wie war das mit dem Haus der Lady Winchester?", fragte Jup.

Der Professor verstand sofort, was sein Sohn meinte, und erzählte in Stichworten, was er alles darüber wusste. Jupiter bedankte sich und versicherte seinem Vater dann noch, wie gut es ihm ging. Von den Schrecken, die er an diesem Tag schon erlebt hatte, sagte er nichts.

„Einen Teil des Spuks kann ich jetzt erklären", brummte er zufrieden, als er das Wohnmobil verließ.

NOCH VIELE FRAGEN

Vicky, Nick und Lenni spielten auf einer Wiese Fußball. Jupiter lehnte sich an einen Baum und bemerkte, dass er noch immer das Handtuch bei sich hatte. Als ihn Nick sah, zeigte er mit dem Finger auf ihn und lachte.

„He, dir stehen ja die Haare zu Berge!"

Jup versuchte, sie niederzudrücken, und bedeutete den dreien, zu ihm zu kommen. Neugierig stellten sie sich vor ihm auf.

„Lenni, wieso tust du das alles?", begann Jup ohne Vorwarnung.

Obwohl er versuchte, ruhig zu bleiben, war Lenni anzumerken, wie heftig er erschrak.

„Tue ich was?", presste er raus.

„Der Blutfleck in der Halle, das war rote Farbe, die du ausgeschüttet hast. Die leeren Behälter liegen unter deinem Bett", sagte Jup ruhig. „Ich wette, du warst es auch, der die E-Mails meines Vaters beantwortet und uns eingeladen hat. Stimmt's?"

Nach kurzem Nachdenken nickte Lenni. „Ihr ... ihr seid ja wirklich nicht auf den Kopf gefallen", brummte er.

Nick und Vicky verstanden erst jetzt, was Jupiter gerade gesagt hatte.

„Heißt das, der ganze Spuk im Schloss geht auf deine Rechnung?", fragte Nick empört.

„Ich ... ich habe die Tür zugeknallt, gekratzt und geklopft", gestand Lenni leise. „Und die Lautsprecher habe ich auch aufgestellt. Aber sonst habe ich nichts getan."

„Hattest du das Buch in der Bibliothek schon einmal genommen?", bohrte Jup weiter.

„Äh ... ja ... aber wieso hast du das bemerkt? Ich habe doch Mehl darüber gestreut, damit es verstaubt aussieht. Meine Eltern haben mir nämlich streng verboten, etwas anzufassen. Angeblich können die Bücher ziemlich wertvoll sein. Das Buch lag auf dem Boden. Ich habe es nur aufgehoben."

„Und weil Staub auf dem Stehpult unter der Chronik lag, war klar, dass sie dort erst kurz vorher hingelegt worden war", erklärte Jup.

„Ich ... wollte mehr über diese Bruchbude rausfinden und es spuken lassen, bis Mama und Papa diesen Kasten wieder verkaufen und in die Stadt zurückziehen“, erzählte Lenni mit hängenden Schultern. „Mich haben sie nämlich nicht gefragt, ob ich hierher möchte. Alle meine Freunde sind in der Stadt, und hier ist es total öde. – Werdet ihr mich jetzt verraten?“

„Natürlich nicht!“, sagten alle drei Freunde, die für Lenni vollstes Verständnis hatten.

„Lenni, kommst du mal bitte?!“, rief Frau Lester vom Büro-Wohnmobil. „Eines deiner Computerspiele dreht durch. Du musst es abstellen.“

Nachdem Lenni gegangen war, standen Jup, Nick und Vicky eine Weile schweigend da. Alle drei waren in Gedanken vertieft.

„Aber wieso habe ich etwas Kaltes gespürt, als wir durch die Einfahrt gekommen sind?“, meldete sich Vicky.

Jup nickte. „Ich habe auch etwas in der Tiefe dieses Abgrundes im Schloss gesehen, wo das Kellergewölbe eingestürzt ist. Eine Gestalt, die nach mir zu greifen schien. Es kann eine Täuschung gewesen sein, aber irgendwie glaube ich das nicht …“

Die drei ließen sich auf einen liegenden Baumstamm sinken, und Jupiter berichtete, was er von seinem Vater erfahren hatte. „Die Frau eines Waffenfabrikanten, Lady Winchester, war von der Idee besessen, von Geistern verfolgt zu werden. Wer durch eine Kugel aus den

Gewehren ihres Mannes getötet wurde, suchte sie in ihrem Haus als Geist heim. Um die Geister in die Irre zu führen und vor ihnen sicher zu sein, baute sie ständig an ihr Haus an. Es gab am Ende Hunderte Türen, hinter denen sich Sackgassen oder sogar Mauern befanden."

„Genau wie hier!", warf Vicky ein.

Jup nickte. „Ich werde das Gefühl nicht los, in diesem Schloss ist etwas Schreckliches geschehen. Und zwar genau an dem Abend, als der dreizehnte Gast gekommen ist. Nach seiner Rückkehr von der Hochzeitsreise hat Graf Westfinster panische Angst vor einem Spuk gehabt und deshalb dieselben Maßnahmen ergriffen wie Lady Winchester. So ist aus dem normalen Schloss nach und nach dieser verrückte Irrgarten aus Räumen, Treppen und Gängen geworden. Sollte ein Zimmer frei von Geistern bleiben, hat Graf Westfinster einfach keine Klinke und keinen Knauf angebracht. Ob das was nützt?"

„Aber wieso ist er nicht einfach aus dem Schloss ausgezogen?", wollte Nick wissen.

Dafür hatte Jup keine Erklärung.

„Aber vielleicht finde ich etwas in der alten Chronik", sagte er. „Ich werde versuchen, die Schrift zu entziffern. Das muss mir doch gelingen."

Nach dem Abendessen verzog sich der

Grusel-Club in Lennis Wohnwagen. Lenni gesellte sich zu ihnen und sah Jupiter über die Schulter, als dieser durch das dicke, alte, vergilbte Buch blätterte.

„Das ist keine Schloss-Chronik, sondern die Familien-Chronik der Westfinsters“, stellte er bald fest. Vor allem im vorderen Teil gab es viele uralte braune Fotos von zwei Jungen in Matrosenanzügen. Einer der Jungen war auf fast allen Bildern mit dicken Strichen übermalt worden. Mal waren es Teufelshörner, mal Riesenohren, dann war ihm eine dicke Warze auf die Nase oder ein Buckel verpasst worden.

„Es gab also zwei Brüder Westfinster“, kombinierte Jupiter. „Der Ältere hat den Jüngeren wohl nicht ausstehen können und deshalb die Fotos so verunstaltet.“

EIN GRAUENHAFTES GEHEIMNIS

Die Handschrift unter den Fotos der Jungen war eine andere als später. Jup konnte unter einem Bild die Eintragung „Wolfgang und Walter, Sommer 1889“ entziffern.

Ein Vergleich mit den Bildern im hinteren Teil des Buches ergab, dass Wolfgang der Ältere war, der seinen jüngeren Bruder Walter gehasst hatte. Aber wieso?

Jupiter blätterte weiter und stieß auf die erste Eintragung der anderen Handschrift, die dann auch den allerletzten Satz geschrieben hatte. Buchstabe für Buchstabe entschlüsselte er den Text. Als er sich aufrichtete, hatte er knallrote Wangen.

„Hier steht: Vater hat mir die Hälfte seines Vermögens vermacht, Walter die andere. Das ist ungerecht, weil Walter nichts taugt. Wir hatten Streit. Musste ihm aber seinen Anteil auszahlen.

Er ist damit gegangen. Hoffe, ihn nie wiederzusehen. Er ist immer bevorzugt worden, weil er der Liebling meiner Eltern war."

Eine Seite war am Rand mit vielen roten Ausrufezeichen versehen. Graf Wolfgang von Westfinster hatte mit schwarzer Tinte eingetragen: „Heute besuchte ich eine Wahrsagerin. Sie hat mir großes Unglück prophezeit, wenn jemals dreizehn Leute an meiner Tafel sitzen. Soll ich das glauben?" Mit roter Tinte stand darunter: „Hätte ich die Warnung doch ernst genommen, mein ganzes Leben wäre anders und besser verlaufen. So aber bin ich nun verdammt, mein grauenhaftes Geheimnis bis zu meinem Tod zu hüten und darüber hinaus, damit meine Schandtat niemals entlarvt wird. Nie wieder soll ein dreizehnter Gast an meinen Tisch kommen."

Jupiter blätterte weiter und stieß auf ein Foto, das Wolfgang von Westfinster und eine junge Frau in einem weißen Kleid zeigte. Danach war mehrere Wochen nichts in die Chronik eingetragen worden. Bei der ersten Eintragung nach dieser Pause fiel dem Grusel-Club etwas sofort auf: Die Schrift war viel wackeliger, die Seiten mit zahlreichen Tintenklecksen übersät. Mühevoll entzifferte Jup einzelne Wörter: „Verbrecher", „Mörder", „unverzeihlich", „Erscheinung", „Rache aus dem Jenseits".

„Was bedeutet das alles?", überlegte Vicky laut.

„Ich habe nur eine Erklärung", sagte Jupiter leise. „Graf Westfinster hat jemanden umgebracht, dessen Geist ihn seither verfolgt hat. Aus diesem Grund hat der Graf das Schloss zu einer Art Geisterfalle umgebaut."

Nick fasste nach seiner Schwester und Jupiter. Seine Hände waren schweißnass und eiskalt. Ihm war ein Gedanke gekommen, der ihm die Gänsehaut über den Rücken, die Arme und Beine jagte. „Der Graf schreibt, er musste sein grauenhaftes Geheimnis über den Tod hinaus hüten. Bedeutet das, sein Opfer ist noch irgendwo im Schloss versteckt?"

Die anderen beiden nickten langsam. Nicks Verdacht klang sehr wahrscheinlich. Jupiter fielen die zugemauerten Türen ein. Hatte der Graf seine Gruft deshalb direkt vor ihnen aufbauen lassen, damit keiner entdecken konnte, was sich hinter den Türen befand?

„Der eingestürzte Raum, in den ich fast gefallen wäre", murmelte Jupiter. „Die Treppe ist von der Wand entfernt worden. Wahrscheinlich, damit niemand in die Tiefe steigen kann."

Auf einmal schien es im Wohnwagen eisig zu werden. Weder die drei Mitglieder des Grusel-Clubs noch Lenni hielten es hier drin länger aus. Sie rissen die Tür auf und stolperten in die Nacht hinaus.

Die Luft im Freien war wärmer und erfüllt vom Zirpen der Grillen. Aus dem nahen Wald kam der Ruf eines Käuzchens.

„Wisst ihr, was das bedeutet?", fragte Nick leise.

Vicky machte eine abwehrende Handbewegung. „Komm jetzt nicht mit dem Märchen, dass jemand sterben muss, wenn das Käuzchen ruft."

„Das hat unsere Großmutter aber immer erzählt!", beharrte Nick.

Im Büro-Wohnmobil brannte noch Licht. Die Schatten der Lesters waren am Fenster zu sehen. Lennis Eltern arbeiteten noch angestrengt.

„Das tun sie die ganze Zeit", beschwerte sich der Junge. „Ich glaube, mich haben sie völlig vergessen."

Nick rang nach Luft und rüttelte Vicky. Er brachte vor Schreck keinen Ton heraus.

Hinter einem der Spitzbogenfenster des Schlosses war ein schwacher Lichtschein zu sehen.

UNERWARTETE BEGEGNUNG

„Was … ist dort oben für ein Raum?“, hauchte Vicky.

Jup sah unverwandt zu dem Licht hinauf. „Die Bibliothek. Spitzbogenfenster sind nur dort.“

Nick hatte seine Stimme wiedergefunden und fragte: „Gibt es im Schloss also doch elektrischen Strom?“

Lenni schüttelte den Kopf.

Das Licht am Fenster schien sich zu bewegen. Es flackerte wie eine Flamme.

„Brennt’s dort oben?“, flüsterte Vicky.

Der Lichtschein wurde wieder schwächer.

„Nein, dort oben geht jemand herum. Mit … mit einer Fackel“, sagte Jupiter leise.

„Und wer ist das?“, fragte Nick.

Jupiter sah seine Freunde fragend an. „Wollen wir es herausfinden?“

Nach kurzem Nachdenken nickten Nick und Vicky.

Lenni stellte sich vor die drei und streckte die Arme aus. „Nein, bleibt da. Wenn das wirklich … der Geist ist!“

„Genau das wollen wir erfahren!“, erklärte Jup. „Du kannst gerne mitkommen!“

„Nein!“ Lenni winkte heftig ab.

Aus dem Wohnwagen holten die drei ihre stärksten Taschenlampen, die sie immer in ihren Rucksäcken hatten, knipsten sie an und betraten das Schloss durch den Seiteneingang. Lenni entschloss sich doch, sie zu begleiten.

Unheimliche Stille empfing sie. Auf Zehenspitzen schlichen sie durch den Korridor in die Halle. Jupiter wagte sich bis zur Kellertreppe vor und leuchtete in die Tiefe.

„Ich gehe da nicht hinunter!“, verkündete Nick leise.

„Ich auch nicht!“, schloss sich Vicky an. „Außerdem haben wir das Licht oben gesehen.“

Stufe für Stufe erklommen sie die Treppe.

Von oben kam kein Laut.

Lenni führte sie der Vertäfelung, die er am Mittag Jupiter gezeigt hatte, und löste den versteckten Mechanismus aus. Die Wand schob sich zur Seite und gab den Blick auf die langen Regale der Bibliothek frei.

Auf dem Stehpult stand eine große Petroleumlampe, deren Flamme durch einen Spiegel verstärkt wurde. Ihr Schein war hell genug, um den Raum in schummriges Licht zu tauchen.

„Seht ihr jemanden? Ist jemand da?", fragte Nick ganz leise.

Die drei vom Grusel-Club und Lenni waren in der versteckten Türöffnung stehen geblieben und starrten in die Bibliothek.

Nein, keiner der vier konnte jemanden entdecken.

„Geister zünden keine Petroleumlampen an", sagte Vicky. „Außerdem ..." Mitten im Satz brach sie ab.

„Was ist?", wollten die anderen wissen.

„Das gibt es nicht!", murmelte Vicky. „Das kann doch nicht sein."

Sie zeigte auf den Boden. Die Spuren, die dort zu sehen waren, stammten eindeutig von Damenschuhen. Links daneben war die Spur eines Gehstocks zu erkennen. Die Spuren führten auf ein großes Bild an der Wand zu.

„Wie ... wie kann das denn sein?", stammelte Jupiter.

Hinter dem Bild an der Wand klimperte etwas. Der Grusel-Club und Lenni erstarrten. Mit einem langgezogenen Quietschen klappte das Gemälde wie eine Tür auf. Auf ihren Stock gestützt, kam Frau Nierlich dahinter hervor. In der Hand hielt sie eine starke Taschenlampe. Über dem Arm trug sie einen großen Ring, an dem eine Unzahl von Schlüsseln in verschiedenen Größen hing. Ohne die vier Kinder zu bemerken, ging sie mit strammen Schritten auf das Stehpult zu und nahm die Petroleumlampe. Ihr nächster Weg führte sie zu einem der Regale. Suchend ließ sie ihre Finger über die Buchrücken gleiten und zog dann einen dicken Band heraus.

Knarrend drehte sich das Regal und gab einen versteckten Gang frei, durch den sie verschwinden wollte.

Jupiter nahm allen Mut zusammen und rief: „Frau Nierlich!"

„Aaaaa!" Mit einem kurzen, erschrockenen Schrei drehte sich die Frau um. Ihre weißen Löckchen schienen auf einmal wie Stacheln vom Kopf wegzustehen. Sie hob die Petroleumlampe und leuchtete in die Richtung, aus der die Stimme gekommen war.

Zuerst war Magdalena Nierlich über das Auftauchen der vier Freunde erschrocken, dann aber schlug der Schreck in Ärger um.

„Was habt ihr mitten in der Nacht hier zu suchen?", schimpfte sie.

„Das Gleiche können wir Sie auch fragen!", schoss Vicky zurück.

Nick inspizierte neugierig das Gemälde und die Geheimtür im Bücherregal. „Hier sind richtige Treppen und Gänge", meldete er.

Mit zitternder Hand zupfte Frau Nierlich an ihren Locken herum. Als sie einige besonders widerspenstige hinter das Ohr strich, stieß Jup einen Pfiff aus.

„Sie sind die Tochter von Walter von Westfinster, dem Bruder von Graf Wolfgang."

Empört stampfte die alte Dame mit dem Stock auf. „Ich bin seine Enkelin, nicht die Tochter. Aber woher weißt du das?"

„Sie haben auch keine Ohrläppchen", erklärte Jupiter, dem nun endlich aufgegangen war, was er sowohl bei Frau Nierlich als auch bei dem Mann auf den Bildern so merkwürdig fand. „Ein solches Merkmal wird vererbt."

„Wollen Sie uns nicht sagen, was Sie hier tun?", fragte Vicky herausfordernd.

Nach kurzem Nachdenken sagte Frau Nierlich: „Es ist zu Ende. Ich bin jetzt völlig sicher, dass ihr keine Nachfahren von Großonkel Wolfgang seid, daher könnt ihr auch die Wahrheit erfahren."

Gespannt sahen die vier sie an. Würden sie endlich herausfinden, was im Schloss des Schreckens geschehen war?

WAS WIRKLICH GESCHAH

Frau Nierlich deutete auf staubbedeckte Holzstühle mit hoher, strenger Lehne. Sie ließ sich auf einen von ihnen sinken, der Grusel-Club und Lenni nahmen die anderen.

„Ich habe nur das Werk vollendet, das mein Großvater begonnen hat“, erklärte Frau Nierlich mit fester Stimme.

„Walter Graf von Westfinster!“, sagte Jupiter.

„Genau der! Er war ein wunderbarer Mensch: Er sah nicht nur gut aus, sondern war auch immer besonders freundlich und vor allem zu Späßen aufgelegt. Er war das genaue Gegenteil seines großen Bruders: Großonkel Wolfgang war ein aufgeblasener, eitler, dummer und vor allem kaltblütiger Mann. Wenn es zu seinem Vorteil war, ist er über Leichen gegangen.“

Jupiter sprach etwas aus, das ihm schon länger durch den Kopf ging: „Ist … hat … hat

Wolfgang seinen Bruder … ermordet … und … im Keller begraben?"

Das Gesicht der alten Dame verfinsterte sich. Ihre Antwort traf alle wie ein Keulenschlag. „Ja, er hat ihn umgebracht."

Die vier schluckten heftig und warteten gespannt, was Frau Nierlich weiter zu erzählen hatte.

„Am Abend seiner Verlobung hat Wolfgang unerwarteten Besuch bekommen. Mein Großvater Walter kam, um ihm und seiner Braut zu gratulieren. Großvater war eben ein freundlicher Mensch, der seinem großen Bruder nicht einmal nachtrug, dass er ihn um einen Teil der Erbschaft betrogen hatte."

„War Ihr Großvater der dreizehnte Gast?", wollte Jup wissen.

Frau Nierlich nickte. „Er saß neben der reizenden Wilhelmina, der zukünftigen Gräfin Westfinster, und die beiden haben sich gut unterhalten. Wolfgang gefiel das gar nicht. Er war immer schon neidisch auf seinen jüngeren Bruder gewesen und von dem Gedanken besessen, dass Walter mehr Glück im Leben hatte als er. Mein Großonkel wurde halb wahnsinnig vor Eifersucht und dachte tatsächlich, Walter könnte ihm seine Braut abspenstig machen. Aus diesem Grund lockte er den Bruder in den Keller, angeblich, um gemeinsam eine gute Flasche Wein auszusuchen. Tatsächlich aber hat er Walter unten in einem Lagerraum eingesperrt und den Gästen erzählt, dass er sich überraschend verabschiedet habe."

Die drei vom Grusel-Club konnten nicht fassen, was sie da hörten.

„Wolfgang hat an diesem Abend viel getrunken, und am nächsten Morgen verließ er zeitig das Haus. Er verreiste mit seiner Braut für viele Wochen und kehrte erst nach der Vermählung zurück", setzte Frau Nierlich fort.

„Und was geschah mit Walter?", wollte Nick wissen.

„Er hat ihn einfach im Keller vergessen!" Die alte Dame zitterte bei diesem Gedanken vor Wut. „Erst bei seiner Rückkehr fiel ihm ein, dass er Walter eingesperrt hatte. In der Zwischenzeit waren der Raum und der Raum darüber eingestürzt. Wolfgang wurde schlagartig klar, was er getan hatte. Sein Bruder war bestimmt verhungert und verdurstet und unter den Trümmern begraben."

Jupiter wurde einiges klar: „Deshalb hat er alle Zugänge vermauern und seinen eigenen Sarkophag davorstellen lassen. Niemand sollte dort jemals aufräumen und vielleicht auf die grausige Wahrheit stoßen."

Frau Nierlich hatte die Augen zusammengekniffen und nickte langsam. „Doch vom Tag der Rückkehr an sollte Wolfgang niemals wieder froh werden. Walters Geist erschien ihm, verfolgte ihn durch alle Räume, flüsterte ihm immer wieder zu, was er angerichtet hatte, und machte ihm das Leben zur Hölle."

Lenni fröstelte. „Es gibt also wirklich einen Geist hier."

Ein triumphierendes Grinsen huschte über das Gesicht der alten Dame. „Nein, den gibt es nicht. Mein Großvater ist nämlich gar nicht umgekommen. Er wurde von einem Hausmädchen entdeckt und gerettet. Als Tage später die Zimmerdecken einstürzten, kam er auf die Idee, sich an seinem großen Bruder Wolfgang zu rächen und ihn im Glauben zu lassen, er wäre gestorben. Er ging fort und nahm einen anderen Namen an. Außerdem heiratete er das Mädchen, das ihn gerettet hatte. Da im Dorf niemand Walter kannte, kaufte er ein Häuschen und blieb. Er trug immer einen falschen Bart und eine Perücke, damit ihn selbst der eigene Bruder nicht erkennen konnte. Walter kehrte zuerst als Butler, später als Baumeister in das Schloss zurück. Er hat hier Hunderte Tricks eingebaut, die jeden erschaudern lassen. Als Wolfgang begann, die Geisterfallen errichten zu lassen, hat Walter ihn dabei beraten und ohne sein Wissen noch mehr Spuk eingebaut."

„Und seine Tochter hat das Theater später fortgesetzt, bis Sie die Aufgabe übernommen haben, richtig?" Vicky sah Frau Nierlich fragend an.

„Richtig! Denn mein Großvater hat geschworen, dass weder Wolfgang noch einer seiner Nachfahren jemals im Schloss glücklich werden dürfen. Er hat die Ölgemälde angefertigt, die ihr bei mir gesehen habt und die von seiner Verzweiflung im Kellerverlies erzählen. Sie sollten seine Nachfahren stets daran erinnern, was ihre Aufgabe ist."

„Und Wolfgang hatte immer im Schloss bleiben müssen, weil er befürchtete, Walters Skelett könnte sonst im Keller gefunden werden", warf Jupiter ein.

„Aber … heißt das … es gibt keinen echten Spuk hier?", fragte Lenni.

„Das heißt es! Und da deine Eltern ehrliche Absichten mit dem Schloss haben, beende ich meine Aufgabe hier!", verkündete Frau Nierlich.

Lenni grinste auf einmal breit. „Könnten Sie mir nicht zeigen, was man da so alles tun kann? Ich meine, der Spuk wäre ein Hit. Ich könnte Mama und Papa reinlegen und die Bauarbeiter und später die Gäste."

„Von mir aus", willigte Frau Nierlich ein.

„Zwischen den Wänden gibt es überall Gänge und versteckte Türen. Ich kenne selbst nicht alle. Du musst sie suchen, und diese Schlüssel werden dir nützlich sein." Mit diesen Worten reichte sie ihm den großen Schlüsselbund.

Jup hatte noch eine Frage. „Wieso ist die letzte Eintragung in die Chronik des Schlosses mitten im Wort abgebrochen?"

Frau Nierlich seufzte. „Großvater ist ein Versehen unterlaufen. Er trat hinter dem Bild hervor, von wo auch ich gekommen bin, als Wolfgang gerade in die Chronik schrieb. Wolfgang sah ihn, dachte, der Geist würde ihn holen, und erlebte einen Schock, von dem er sich nie wieder erholte. Er blieb zwar im Schloss, sprach aber kein Wort mehr."

Nachdem sie das gesagt hatte, erhob sich die alte Dame, nickte den vieren zu und sagte: „Ihr seid kluge Kerlchen." Damit drehte sie sich um und verschwand durch die Geheimtür, die wohl zu einem versteckten Ausgang oder vielleicht sogar zu einem Tunnel ins Dorf führte.

Als sie die Bibliothek verließen, waren die drei Mitglieder des Grusel-Clubs fast enttäuscht. „Wir haben unsere Aufgabe erfüllt und herausgefunden, was im Schloss des Schreckens geschehen ist", versuchte Jup, sich selbst und die anderen aufzumuntern.

„Cool, und da ihr noch bleiben dürft, werden wir in den nächsten Tagen hier selbst spuken und unseren Spaß haben", jubelte Lenni und ließ die Schlüssel klimpern. „Jetzt, wo wir wissen, dass es keine echten Geister gibt, können wir das ruhig tun."

Jupiter musste immer wieder an die kalten Hände denken, die Vicky berührt hatten, und an das verzweifelte Gesicht, das aus dem Abgrund aufgetaucht war.

Ohne sich umzudrehen, verließen sie die große Halle. So sahen sie auch nicht mehr, was sich im Halbdunkel hinter ihnen abspielte. Dort stand ein Mann mit gezwirbeltem Schnurrbart und gelackten Haaren an eine Säule gelehnt. Er hatte die Arme lässig verschränkt und grinste fröhlich …

Thomas Brezina

© Asia Werbel

Geburtstag: 30. Januar
Lebt in Wien und London und reist gerne herum.
Beruf: Geschichtenerzähler

Thomas, hast du schon etwas Gruseliges erlebt?
Ja, ein paar Mal. Vor einiger Zeit, an einem Herbstabend, hatte ich das Gefühl, ein Unsichtbarer schleicht die Treppe zu meinem Schreibzimmer hoch. Die Stufen haben geknackt, aber es war niemand zu sehen.
Die Erklärung für den Spuk: Das Holz der Treppen hat sich zusammengezogen, als es kühler wurde. Es hatte meine Schritte ‚gespeichert' und deshalb hat es geklungen, als würde jemand heraufkommen.

Hast du dich früher allein in deinem Zimmer gefürchtet?
Ganz ehrlich: Ja. Ich bin sicher nicht der Mutigste. Deshalb schreibe ich unheimliche und spannende Geschichten: Ich kann alles erfinden, was ich gerne erleben würde.

Sammelst du etwas?
Ich sammle verschiedene Sachen. Dinge, die ich auf meinen Reisen so finde. Besonders stolz bin ich auf ein versteinertes Saurier-Ei. Es ist echt. Vielleicht schlüpft einmal ein Saurier …
Na ja, das ist nur ein Scherz. Aber so könnte eine neue Geschichte beginnen …

Kostprobe

GRUSEL CLUB

Mumien und Monsternebel

Hast du Lust auf weitere Abenteuer mit dem Grusel-Club? Dann blättere einfach um …

DAS HORROR-ZELT

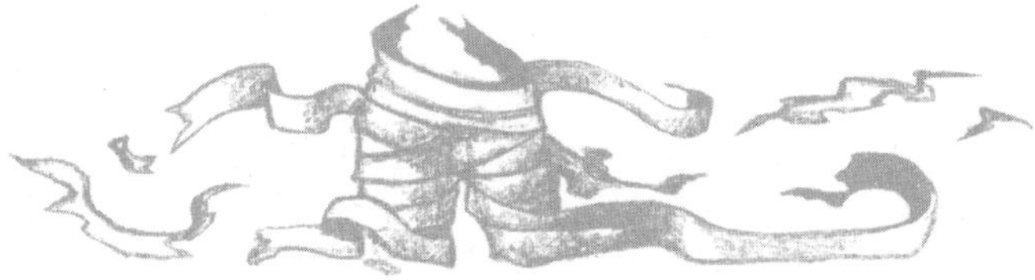

„Wahnsinn!“, riefen Jupiter und Nick fast gleichzeitig. Die Bremsen ihrer Fahrräder quietschten gequält, und die Jungen sprangen vom Sattel.

Vicky, die dicht hinter ihnen radelte, schrie erschrocken auf und musste zur Seite ausweichen, um nicht in die beiden zu krachen. Auf einmal aber hatte sie keinen Boden mehr unter den Rädern und stürzte kopfüber in den Straßengraben. Ihr Fahrrad landete auf ihr.

„Was ist das?“, fragte Nick und deutete zur großen Festwiese, an der sie gerade angekommen waren.

„Ein Zelt ... ein eckiges Zelt“, murmelte Jup nachdenklich.

Nick verdrehte die Augen. „So schlau bin ich auch. Aber auf dem Dach ... da war doch was. Du hast das doch auch gesehen?“

Jup kaute auf seiner Unterlippe herum. „Ja,

habe ich“, sagte er leise. „Aber … aber so was gibt es doch nicht, oder?“

Aus dem Straßengraben kam ein Stöhnen. Vicky stemmte ihr Fahrrad zur Seite und richtete sich ächzend auf. Ihr Kopf brummte, und sie glaubte, jeden Knochen einzeln zu spüren.

Suchend blickte sich Nick um. „Vicky ist verschwunden!“, stellte er überrascht fest.

„Ich bin hier unten, du Knallkopf!“, hörte er seine Schwester schimpfen.

Die Jungen stellten ihre Fahrräder ab und blickten in den Graben neben der Straße.

„Schaut nicht so blöd! Holt mich hier raus!“, schnaubte Vicky aufgebracht.

Jup und Nick streckten ihr die Arme entgegen und zogen sie nach oben. Vicky hatte einige Schrammen an den Armen und den Knien abbekommen. Sie konnte mit dem rechten Fuß nicht auftreten und humpelte.

„Dein Fahrrad hat nicht den kleinsten Kratzer!“, meldete Nick und beförderte es nach oben.

„Na großartig!“, knurrte Vicky mit zusammengebissenen Zähnen. „Wieso habt ihr überhaupt so plötzlich abgebremst?“

„Weil …“ Weiter kam Jup nicht. Mit großen Augen starrte er zu dem gelblich-weißen Zelt. Über dem Dach erhob sich eine schaurige Fratze mit wildem, grimmigem Blick.

Nick schluckte. „Wir haben vorhin *doch* richtig gesehen."

„Sollen wir ... näher herangehen?", fragte Jupiter die anderen.

Vicky rieb sich das rechte Bein und schüttelte den Kopf.

„Klar sehen wir uns das aus der Nähe an!" Nick war sofort Feuer und Flamme. Er sprang über den Straßengraben und lief über die Wiese. Jup folgte ihm mit großen Schritten.

„He, wartet auf mich!", rief ihnen Vicky nach, doch die beiden hörten sie nicht mehr. „Jungen sind wirklich eine einzige Katastrophe!", schimpfte sie und hinkte los. Wenn es etwas zu entdecken gab, wollte sie unbedingt dabei sein.

Nick und Jup kamen fast gleichzeitig bei dem Zelt an, das so riesig war, wie sie es von großen Festen kannten.

„Wie kommt das hierher?", fragte Nick keuchend.

„Ein böser Fluch hat es aus dem Boden wachsen lassen", hauchte Jupiter mit tiefer Stimme.

„Quatsch!", schnaubte Nick und ging an der Zeltwand entlang. Alle paar Meter bückte er sich und versuchte, die Kante zu heben. Er wollte einen Blick ins Innere werfen. Doch die Plane war straff gespannt und mit Hunderten Metallheringen im Boden befestigt.

„Scheint etwas sehr Geheimes in dem Zelt zu sein“, stellte Nick fest.

„Und der Kopf von vorhin?“ Jupiter blickte prüfend nach oben, wo der mächtige Schädel mit der grässlichen Fratze aufgetaucht war. Doch er war nicht mehr zu sehen.

Ein Windstoß fegte über die Wiese und ließ das Zelt erzittern. Im nächsten Augenblick tauchte ein furchterregendes graues Gesicht über den Jungen auf.

Nick und Jup spürten den Schatten, den es auf sie warf. Nicht nur die plötzliche Kälte, vor allem der Anblick der schrecklichen Fratze jagte ihnen eisige Schauer über den Rücken.

„Aaaaaaa!“, brüllten sie entsetzt.

VERSCHLUNGEN

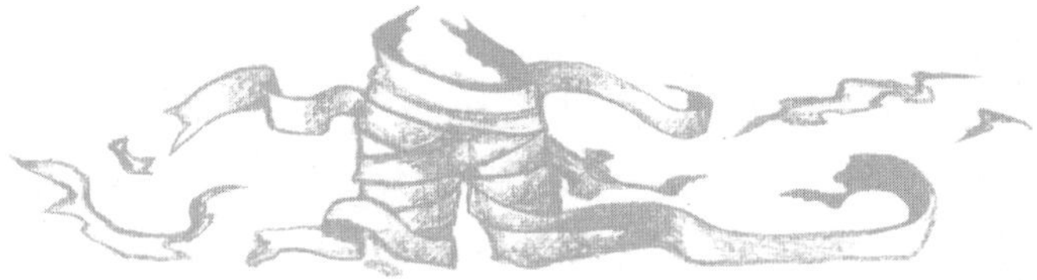

Die Augen der Fratze glotzten tot und leer. Die Nase fehlte. Der Mund war zu einem stummen Schrei verzogen.

Jupiter und Nick standen wie angewurzelt da. Ihre Beine versagten ihnen den Dienst, sie kamen nicht von der Stelle.

Mit einem rauschenden, flatternden Geräusch stürzte sich der Monsterschädel auf sie. Die Jungen sahen den aufgerissenen, verzerrten Mund auf sie zukommen, als wollte er sie verschlingen.

Als sie es endlich schafften, sich zu bewegen, war es bereits zu spät. Sie spürten die trockenen Monsterlippen, die sie verschlangen, und warteten darauf, dass die Zähne zubissen, die es in diesem Maul geben musste.

Rund um sie wurde alles schwarz. Sie bekamen kaum Luft und wurden von etwas

Tonnenschwerem zu Boden gedrückt. Immer schwerer wurde die Last auf ihrem Rücken.

„Nick? Nick, lebst du noch?“, keuchte Jupiter.

Er bekam keine Antwort.

Jup geriet in Panik und versuchte, seine Arme irgendwie zu befreien. Was seine Finger dabei ertasteten, ließ ihn stutzen.

Neben ihm klopfte, knallte und schnalzte es. Die Last, die auf ihm lag, geriet in Bewegung. Etwas fasste nach seiner Schulter. Jupiter schüttelte es erschrocken ab.

„Ich bin es nur!“, hörte er Nicks Stimme.

„Was … was ist hier los … wo sind wir?“, krächzte Jupiter.

Von der Seite fiel ein Lichtstrahl auf sein Gesicht. Frische Luft wehte ihm entgegen.

„Was macht ihr dort unten? Spielt ihr Verstecken?“, hörten die Jungen Vickys Stimme.

So schnell sie konnten, krochen sie in die Richtung, aus der die Stimme kam. Strahlender Sonnenschein begrüßte sie.

„Aber … aber der Kopf …?“, stammelte Nick.

Auf der Wiese vor dem Zelt lag kein Schädel, sondern eine riesige grau-gelbe Kunststoffplane.

„Scheint sich um eine Art Ballon zu handeln“, erklärte Vicky. Sie hatte aus der Entfernung beobachtet, wie der Ballon vom Dach auf die Jungen gestürzt war.

„Ihr habt das Ding wohl für echt gehalten!“, spottete sie.

„Natürlich nicht!“, stritt Jup sofort ab.

„Wozu pustet hier jemand so einen Zombiekopf auf?“, lenkte Nick schnell ab.

„Das ist doch kein Zombie, sondern ein Mumienschädel!“, erklärte Vicky und schob sich die Brille zurecht.

„Meine ich doch, Frau Oberlehrerin!“, knurrte Nick.

„He, kommt mal her!“, rief Jup und winkte. Er hatte in der Zeltwand einen Schlitz entdeckt. Mit beiden Händen zog er ihn auf. Neugierig beugten sich Vicky und Nick vor.

„Was seht ihr?“, wollte Jupiter wissen.

„Nichts!“, meldete Vicky enttäuscht. „Nur eine Holzwand“, ergänzte Nick.

„Eine Holzwand? Gleich hinter der Zeltwand? Das wird ja immer seltsamer“, murmelte Jup nachdenklich.

„Augenblick mal, ich glaube, ich weiß, was das ist!“, sagte Vicky. Sie zeigte auf ein Brett, auf dem die Aufschrift „zerbrechlich“ und ein Glas-Symbol zu sehen waren. Es handelte sich um die Rückwand einer riesigen Kiste.

DER BISS

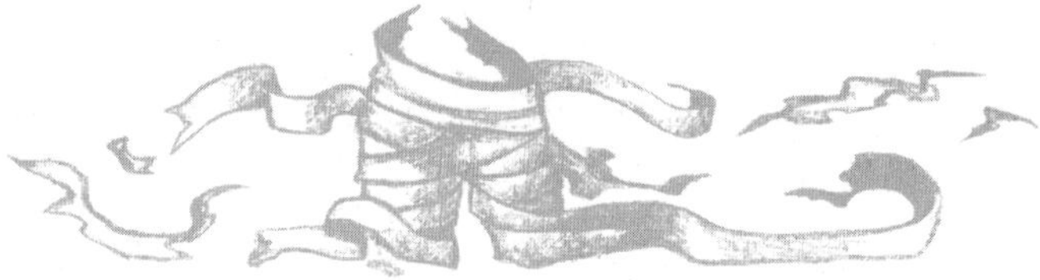

„Schauen wir uns drinnen ein bisschen um?" Jup sah die anderen beiden Mitglieder des Grusel-Clubs fragend an.

„Was soll schon passieren?", meinte Nick. Bevor Vicky oder Jup noch etwas sagen konnten, war er schon durch den engen Schlitz geschlüpft. Jupiter folgte ihm. Mit einem schnalzenden Geräusch schloss sich hinter ihm der Schlitz in der Zeltwand.

Vicky streckte die Hände aus, um ihn wieder zu öffnen. Ihre Finger hatten die dicke Kunststofffolie kaum berührt, als sie von hinten gepackt und weggezogen wurde. Vicky wollte schreien, aber sie kam nicht dazu. Eine kühle, trockene Hand legte sich über ihren Mund.

Die Jungen hatten nichts davon bemerkt. Sie standen im Zelt und warteten darauf, dass sich ihre Augen an das Halbdunkel gewöhnten.

Rund um sie war es muffig warm. Die feuchte Luft roch nach Dachboden, alten Klamotten und Putzmittel.

Nach und nach erkannten sie vor sich die Umrisse zahlreicher Kisten. Alle waren zwei oder drei Meter hoch. Einige wirkten schmal, andere schienen groß genug für ein kleines Auto zu sein.

„Was ist das hier?", fragte Nick leise.

Jup zuckte mit den Schultern. „Vielleicht ein Lager."

„Und was wird hier gelagert?"

„Ich bin weder Hellseher noch Superman. Der kann in verschlossene Kisten sehen. Ich muss das noch ein bisschen üben", antwortete Jupiter bissig.

Nick zeigte auf eine der großen Kisten, die im hinteren Teil des Zeltes standen. Eine Wand war heruntergeklappt. Er gab Jup mit dem Kopf ein Zeichen, mitzukommen.

Die Jungen hielten den Atem an, als sie sich der offenen Kiste näherten.

„Hast du eine Taschenlampe dabei?", fragte Jup seinen Cousin.

„Natürlich nicht, es ist früher Nachmittag!"

Mit großer Spannung starrten die Jungen auf die dunkle Öffnung. Nach und nach konnten sie darin drei Figuren erkennen. Direkt vor ihnen stand eine Menschengestalt mit dem Kopf eines Schakals, in der Ecke dahinter saß ein Falke, und in der anderen kauerte eine Sphinx.

„Diese Statuen gehören in ein Museum und nicht in so ein Zelt“, sagte Jup.

Nick riss den Mund auf. „Vielleicht ist das die Beute von Einbrechern!“

Jup tippte sich an die Stirn. „Das müssen aber sehr bekloppte Diebe sein, die ihre Beute auf der Festwiese lagern.“

Nick sah sich suchend um. Außer ihnen schien niemand im Zelt zu sein.

„Wo ist eigentlich Vicky geblieben?“, wunderte er sich.

Jupiter zuckte mit den Schultern. „Wahrscheinlich draußen. Vielleicht ist sie doch nicht so mutig, wie sie immer tut.“

Nick hob fragend die Augenbrauen. „Sehen wir uns die Figuren aus der Nähe an?“

Ein kurzes Nicken war Jups Antwort.

Der Holzboden der Kiste ächzte und knarrte, als sie ihn betraten. Obwohl sie ganz vorsichtig gingen, bebte die Kiste bei jedem Schritt, als schlüge jemand mit einem Hammer dagegen.

Jupiter hatte die Statue mit dem Schakalkopf erreicht. Vorsichtig streckte er die Hand aus und streichelte über die Stirn und die Schnauze.

„Das ist Anubis, ein Gott der alten Ägypter“, flüsterte er Nick zu.

Der Kopf der Statue war glatt und kühl wie Marmor. Jups Finger glitten in das leicht geöffnete Maul.

Keine Zähne drinnen, dachte Jup und musste grinsen. *Der arme Anubis hat wohl nur Brei essen können.*

Zing! Genau vor ihm gab es ein metallisches Geräusch, und der Kopf des Anubis zuckte. Erschrocken riss Jupiter die Hand zurück, konnte sie aber nicht mehr aus dem Maul ziehen. Die Augen der Statue starrten angriffslustig, und aus dem Kiefer ragten auf einmal große, spitze Zähne.

Eine Insel, auf der Grabsteine aus dem Boden wachsen. Ein Wolfsmensch, der sich im Moor versteckt. Ein Gruselkabinett unter der Schule … Auf Vicky, Jup und Nick warten wieder unheimliche Fälle, die ihnen die Haare zu Berge stehen lassen!

Enthält die Einzelbände: *Allein auf der Grabsteininsel, Das Versteck des letzten Werwolfs, Tief unter der Schule …*

Sammelband 3: Wolfsgeheul und Gruselschule
ISBN 978-3-505-13597-2

Der Grusel-Club hat es mit den schaurigsten Ereignissen zu tun – ägyptische Mumien erwachen zum Leben, ein grauer Nebel verschluckt Menschen, und im Haus eines Reptilienzüchters verwandeln sich Tiere nachts in Monster, die in der Stadt ihr Unwesen treiben …

Enthält die Einzelbände: *Die Nacht der wandelnden Mumien, Wenn der graue Nebel kommt, Das Monsterhaus*

Sammelband 4: Mumien und Monsternebel
ISBN 978-3-505-13656-6

Ein hartnäckiges Gerücht macht an Jupiters Schule die Runde: Der neue Lehrer soll nachts auf Friedhöfen herumschleichen. Angeblich stiehlt er dort Leichenteile und erschafft daraus Monster. Kann das wirklich stimmen? Jupiter, Nick und Vicky wollen dem Rätsel auf die Spur kommen und jagen dem Grabräuber hinterher …

Enthält die Einzelbände: *Die Zombiehöhle, Der echte Dr. Frankenstein, Was geschah im Schloss des Schreckens?*

Sammelband 5: Geisterschloss und Zombiehöhle
ISBN 978-3-505-13820-1

Thomas Brezina
Grusel-Club
288 Seiten, gebunden
€ 9,99 [D]

Schneiderbuch
EGMONT

Das Tiger-Team

Abenteuer wartet...

Ab sofort im Handel und auf www.schneiderbuch.de

Ebenfalls erschienen:

Band 1: Im Donnertempel
Band 2: Der Pferde-Poltergeist
Band 3: Das Geisterflugzeug
Band 4: Die Ritter-Robots
Band 5: An der Knochenküste
Band 6: Der Fluch des Pharao
Band 7: Der Albtraum-Helikopter
Band 8: Unsichtbare Ungeheuer
Band 9: Der Teufelsdampfer
Band 10: Die Monster-Safari
Band 11: Die Gruselgondel
Band 12: Der Totenkopf-Helm
Band 13: Lichter im Hexenmoor
Band 14: Das Mumienauto
Band 15: Die Krallenhand
Band 16: Das vergessene Verlies
Band 17: Piraten aus dem Weltall
Band 18: Feuerauge - streng geheim!
Band 19: Der Reiter ohne Gesicht
Band 20: Das Geheimnis der Grauen Villa
Band 21: Das Phantom auf dem Fußballplatz
Band 22: Die Feuer speiende Maske
Band 23: Verschwörung am Höllenstein
Band 24: Die Nacht der Ninjas
Band 25: Die Internet-Banditen
Band 26: Der Saurier-Friedhof
Band 27: Geheimauftrag für einen Vampir
Band 28: Der Geist im Klassenzimmer
Band 29: Das Schwert des Samurai
Band 30: Im Palast der silbernen Panther
Band 31: Schatzjagd am Biberfluss
Band 32: Die Festung der Haie
Band 33: Das verbotene Labor
Band 34: Das Drachentattoo
Band 35: Das unheimliche Foto
Band 36: Die weiße Frau
Band 37: Das Piraten-Logbuch
Band 38: Die Stunde des Hexenmeisters
Band 39: Die Insel der Geistergorillas
Band 43: Der Dämon in der Wunderlampe
Band 44: Der Schlangenfisch
Band 45: Das Gift des roten Leguans
Band 46: Der Leuchtturm auf den Geisterklippen
Band 47: Der kleine Grusselladen
Band 48: Der Ruf der Goldeule
Band 49: Die Wüste des Schwarzen Riesen
Band 50: Das Buch aus Atlantis

Jeder Band enthält eine extra-starke Detektivausrüstung und einen multifunktionalen Decoder!

www.schneiderbuch.de

DER CLUB
NAME: Jupiter Katz
Wer Ordnung hält, ist nur zu faul zum Suchen!
Jupiter Katz
NAME: Vick
Warum ist
Taschengel
viel Mon
Vicky Schwarzbach